열한 번의 계절을 지나

MOICHIDO JINSEI WO YARINAOSHITA TOSHITEMO,
MATA KIMI WO SUKININARU.

© Minami Aoyama 2020
First published in Japan in 2020 by KADOKAWA CORPORATION, Tokyo.
Korean translation rights arranged with KADOKAWA CORPORATION, Tokyo
through Danny Hong Agency.

열한 번의
계절을 지나

아오야마 미나미 장편소설

최윤영 옮김

차라리 전부 부서져버리면 좋을 텐데.
나도 그녀도.
손쓸 수 없을 만큼
잔혹한 이 세상도.

차
례

신랑인 나는 등을 꼿꼿이 세우고 넘쳐흐르는 축복 속으로 걸어 들어간다. 빌려 입은 라이트그레이색 턱시도가 무겁다. 옷감 자체의 무게도 있지만 책임감과 중압감 같은 수많은 것들이 스며들어 있는 기분이다. 스테인드글라스로 쏟아져 들어오는 성스러운 빛에 이끌리듯 한 걸음, 또 한 걸음. 발을 내디디며 앞으로 나아간다. 회의와 리허설로 이미 몇 번 들어온 적 있는 공간인데도 분위기는 그때와 전혀 달랐다. 눈앞에 펼쳐진 식장은 행복과 희망처럼 반짝반짝 빛나는 것들로 가득했다.

이어서 신부 미노리가 입장한다. 순백의 웨딩드레스로

몸을 감싼 그녀는 모두가 반할 만큼 예뻤다. 그런 진부한 표현밖에 안 떠오르지만, 하객의 시선도 미노리에게서 떠날 줄 모르는 걸 보니 내 눈에만 그런 건 아닌 듯하다.

성서 낭독과 기도. 예식은 리허설대로 무사히, 막힘없이 진행돼간다. 마치 미리 그어진 선을 따라가듯이.

"구로타키 유야 군. 야나기바 미노리 양을 아내로 맞이하여 건강할 때나 아플 때나 부유할 때나 가난할 때나 좋을 때나 나쁠 때나, 서로 사랑하고 존경하며 보듬어주고 도우며 생이 다할 때까지 진심을 다할 것을 맹세하겠습니까?"

"네. 맹세합니다."

나는 대답했다.

"야나기바 미노리 양. 구로타키 유야 군을 남편으로 맞이하여 건강할 때나 아플 때나 부유할 때나 가난할 때나 좋을 때나 나쁠 때나, 서로 사랑하고 존경하며 보듬어주고 도우며 생이 다할 때까지 진심을 다할 것을 맹세하겠습니까?"

"네."

미노리가 온화한 미소를 지으며,

"맹세합니다."

대답했다. 이어서 결혼반지 교환. 미노리의 가늘고 고운 약지에 반지를 끼웠다.

"자, 이제 맹세의 키스를."

신부님의 말씀에 나는 미노리 쪽으로 몸을 기울인다. 동시에 미노리도 내 쪽으로 몸을 기울인다. 오늘 그 누구보다 예쁜, 세상에서 제일 사랑하는 여성에게 호흡조차 잊고서. 천천히, 천천히 미노리의 얼굴로 내 얼굴을 가져간다. 입술과 입술이 닿기 직전, 미노리의 입술이 조그맣게 벌어진다.

"행복하게 해줘, 유야."

그녀는 내게만 들리는 목소리로 말했다.

응, 행복하게 해줄게. 나는 속으로 대답했다.

무력감과 상실감을 미소의 가면 안에 밀어 넣고서.

그녀의 입술에 내 입술을 가만히 포개었다. 이 순간에 오기까지 이미 말도 안 되는 희생을 치렀다. 둘도 없이 소중한 것과 맞바꾸며, 미노리의 행복을 위해, 나는 오늘 이곳에 서 있다.

맹세의 키스를 끝내자 오늘 몇 번째 듣는지 모를 축복의 박수가 쏟아진다. 수줍은 듯 미소 짓는 그녀는 누가 뭐라

하더라도 세상에서 제일 아름다울 것이다. 나는 그 모습을 눈에 새기듯 바라보았다.

예식은 예정대로 문제없이 끝났다. 화려하게 흩날리는 새하얀 꽃잎 샤워를 맞으며 나와 미노리는 버진로드 위를 한 발 한 발 걸어 퇴장했다. 더할 나위 없이 행복한 기분이 차오른다. 하지만 인간은 결국 모순으로 가득한 생물이라, 정반대의 감정이 공존하기 마련이다. 그리고 그 감정은 모순을 처리하려는 이성과 충돌할 때 찢어질 듯이 고통스럽다.

이 끝 어딘가에서 기다리고 있을 비극을 나는 과연 견딜 수 있을까. 턱시도가 답답하다. 내 판단은 옳았을까. 뭔가, 다른 방법은 없었을까. 스스로에게 물을수록 정답에서 멀어지는 기분이다. 어떤 선택을 하건 반 발짝 바로 앞에 기다리고 있는 것은, 손쓸 수 없을 만큼 잔혹한 결말이다.

하지만 그건 아직 **우리만** 알면 된다. 지금은 그저, 그녀의 행복만을 간절히 소망할 뿐이다.

제 1 장

그녀가 없는 세상은
내게 아무런 의미도 없으니까

1

중학교 때부터 좋아했던 첫사랑과 결혼한 지 3년. 지금
도 종종 내가 살고 있는 이 세상이 실은 꿈이 아닐까 싶어
두려워진다. 눈을 뜨면 그녀가 없는 현실이 기다리고 있을
것 같다.

그녀의 모습은 내 망상일 뿐 현실에는 실재하지 않을지
도 모른다, 그런 의심이 들 만큼 현실감 없이 들뜬 나날이
었다. 어떤 때는 스스로가 바보 같아 보이기도 한다. 그녀
와 부부가 되었다는 건 내게 그만큼 기적 같은 일이다. 지
금 나는 더없이 행복하다. 그리고 이 행복이 영원히 계속되
면 좋겠다고 진심으로 빌었다.

내가 야나기바 미노리를 좋아하게 된 건 중학생 때였다. 중학교에 진학해 몇 달이 지나고 나니 교실은 어느새 사랑 이야기로 넘쳐났다. 누가 누구를 좋아한다더라, 이 반에서 누가 제일 예쁘더라 하는 이야기들이 자주 귀에 들어왔다.

그러자 학기 초에는 인기 만화나 갓 발매한 게임 이야기에만 열중하던 애들마저 사랑 이야기로 떠들썩한 분위기를 이루었다. 너무나도 자연스레 화제가 옮겨가니, 좋아하는 만화나 게임 이야기는 분명 사랑 이야기와 그러데이션처럼 색이 연결되어 있다는 생각이 들기도 했다.

나도 반 친구들에게 좋아하는 사람이 있냐, 반에서 누가 괜찮냐 하는 사춘기 중학생이 흔히 듣는 질문을 받은 적이 있다. 하지만 그런 질문에 나는 제대로 대답하지 못하고 두루뭉술하게 얼버무렸다. 연애에 흥미가 없었던 건 아니지만 누군가를 좋아한다거나 여자친구가 생긴다거나 하는, 그런 종류의 이야기가 내겐 아주 먼 미래의 일로 느껴졌기 때문이다.

그러나 첫사랑은 갑자기 찾아온다. 내 첫사랑 야나기바 미노리는 지극히 평범한 여자애였다. 공부는 나름 잘하지만 운동은 조금 못한다. 반에서 별로 눈에 띄지는 않아도 친구는 그럭저럭 많은 편이다. 타인과 대화를 나눌 땐 항상 웃는 얼굴이고 선생님에게도 예쁨 받는 듯 보였다. 어느 순간부터 나는 그녀를 눈으로 좇고 있었다. 그녀의 미소와 다정함에 마음이 따뜻해졌다. 그 감정이 사랑임을 자각하기까지 몇 달이 걸렸다. 그러나 처음 느끼는 감정 앞에서 나는 어떻게 해야 할지 몰랐다. 거리를 좁혀보려 해도 좀처럼 먼저 말을 걸지 못했다. 누군가에게 고민을 털어놓자니 부끄러웠다. 변명같이 들리겠지만 그 나이 때 남자애들이 원래 다들 그렇지 않나.

첫사랑과 아무런 진전 없이 질질 끈 채로 나는 고등학생이 되었다. 지망학교 문제로 고민하던 때에 미노리의 제1지망 학교가 내가 후보로 삼은 학교 중 한 곳임을 알았다. 그 이후로는 그곳을 일생 최대의 목표로 공부에 매진했다. 지금 돌아봐도 불순한 동기였다고 생각한다. 이 일은 아직 당사자에게도 말하지 못했다. 그렇게 고등학생이 된 후 나는 미노리와 가까워지는 데 성공했다. 같은 중학교였다는 사실을 핑계로 적극적으로 다가선 것이다.

쉬는 시간에 이야기를 나누거나 함께 하교할 때면 여기저기 들러 데이트도 몇 번 했다. 그리고 2학년이 되던 무렵 나는 드디어 용기를 내어 고백했다.

"널 좋아해."

단 네 음절. 그 네 음절을 말로 내뱉었을 뿐인데 심장이 터질 것 같았다. 그 감각은 지금도 어제 일처럼 선명하다. 고백을 받은 미노리도 내게 관심이 있었다고 한다. 그 말을 들었을 땐 놀랐다. 그리고 놀란 것 이상으로 기뻤다. 세상이 통째로 뒤바뀐 듯한 기분이 들었다.

대학에 들어가서는 장거리 연애를 시작했다. 사소한 다툼도 많았지만 대체로 순조롭게 교제를 이어가던 우리는 3년 전 결혼했다.

"내가 널 행복하게 해줄게. 나와 결혼해줘."

그런 아주 평범한 말로 프러포즈를 한 내게 미노리는,

"응. 둘이서 행복하게 살자."

조금의 망설임도 없이 대답해주었다.

다시 태어난다고 해도 나는 미노리를 사랑할 것이다. 이건 예상도 염원도 아닌, 강한 확신이다. 그리고 미노리도 내 마음과 같겠지, 그렇다면 그보다 멋진 일은 없을 것이다.

2

○

밤 11시가 안 된 시각.

나는 거실에서 노트북으로 작업을 하고 있었다. 타닥타닥 키보드를 두드리는 소리가 거실에 울렸다. 회사에서 가져온 일 때문이었다. 지금 근무하는 회사는 크지도 작지도 않은, 어디에나 있을 법한 IT 기업이다. 공학부에서 정보 관련 학과를 졸업한 나는 적당히 취업 활동에 성공해 합격한 곳 중 가장 분위기가 편안해 보이는 회사를 선택해 시스템엔지니어로 일하고 있다. 현재까진 회사에 큰 불만도 없고 상사에게 이상한 갑질을 당하거나 인간관계로 스트레스를 받는 일도 딱히 없다. 바쁠 때야 업무량이 조금 늘기는 해도 평소에는 충분히 내 시간을 가질 수 있다.

대학 동창들이 SNS에 올리는 회사와 상사에 대한 불만들을 보면 지금 이 회사는 제법 좋은 회사가 아닐까 싶다. 아주 가끔 오늘처럼 회사에서 끝내지 못한 일을 집에 가져올 때가 있는데, 동료는 회사에서 야근을 하지 않는 나를 희한하게 여긴다. 이건 전적으로 나의 성향 탓이다. 나는 회사에서 하는 야근이 힘들다. 주변에서 들려오는 키보드 소리가 나를 재촉하는 것 같아 도무지 일에 집중이 안 된다. 그리고 통상적인 업무에 비해 주변 동료들의 초조함이 나에게까지 전염되는 듯한 기분이 든다. 그래서 분주한 회사보다 조용한 집에서 차분하게 일하는 것을 선호한다. 현재 개발 중인 시스템은 납기 마감일까지 아직 시간이 있지만, 마감 직전에 가서 조급해지는 게 싫다. 꾸준히 조금조금 작업을 진행해놔야 마음이 편하다. 나는 원래 이런 유형이었다.

"후우."

키보드를 두드리던 손을 잠시 멈추고 작게 숨을 내뱉는다.

이것도 아니었나…….

오류 원인을 찾아내지 못해 머리가 아팠다. 의심되는 부분을 고쳐봐도 생각대로 움직여주지 않아 처음으로 돌아가는 과정을 벌써 다섯 번째 반복 중이다. 이 시스템을 구축하고 있는 프로그래밍 언어는 아직 익숙지 않은 종류이다. 내 지식으로는 이 이상의 오류 원인을 못 찾겠다. 인터넷으로 검색해가며 원인으로 추정되는 부분을 하나씩 수정해나가야 하는데…… 걱정이다.

"자, 커피."

칙칙한 기분에 잠겨 있는데 머리 위로 익숙한 목소리가 들려온다. 아내 미노리다. 목소리에 이어서 샴푸 향이 은은

하게 뒤따른다. 상쾌한 감귤 향.

때마침 적절한 타이밍에 커피를 가져다준 미노리에게 고마워하며 그녀가 좋아하는 캐릭터가 그려진 머그잔을 받는다. 잔을 건네준 그녀는 내 맞은편에 앉아 책을 읽기 시작했다. 식사와 목욕을 끝낸 뒤, 평소에는 한 갈래로 묶고 다니는 머리칼을 늘어뜨린 잠옷 차림의 미노리다. 그녀가 익숙한 손놀림으로 조심히 페이지를 넘긴다. 남은 페이지의 두께를 보니 이야기 중반쯤인 것 같다.

나는 미노리가 내려준 커피를 입에 머금었다. 입안에 퍼지는 뜨겁고 달콤한 액체를 혀로 굴리자 피곤함이 녹아내리는 듯 개운한 느낌이 온몸으로 퍼져나간다. 지금처럼 미노리가 내 커피를 내려줄 때도 있고 내가 미노리의 커피를 준비할 때도 있다. 나는 달게, 미노리는 블랙으로. 내 입에 맞는 설탕과 우유의 양은 미노리도 숙지하고 있다. 당연히 나도 그녀의 입맛을 완벽하게 파악하고 있다. 농후한 향과 은은한 단맛을 느끼며 노트북 화면과의 눈싸움을 재개한다.

한 자세로 오래 있으니 몸이 뻐근해진다. 나이를 먹었나 보다. 이런 생각을 하며 기지개를 켰다. 그리고 옆의 선반에서 초콜릿을 꺼내어 입에 넣었다.

"미노리도 먹을래?"

아직 반 이상 남아 있는 봉지를 내밀었다.

"응, 먹을래. 고마워."

미노리가 작은 손을 뻗어 개별 포장된 초콜릿을 집었다.

몇 분 후 겨우 오류 원인으로 추정되는 부분을 발견해 수정 작업에 들어갔다. 내가 수정 작업을 하는 동안 미노리는 가만히 옆에 앉아 독서를 이어갔다. 그림으로 그린 것 같은 이상적인 부부라는 생각을 해본다.

혼인 신고를 하고 함께 살기 시작한 지 3년이 지났다. 둘 다 일에 여유가 생겼고 슬슬 아이를 가질까 하는 이야기도 나누게 되었다. 앞으로 평생 그녀와 생활해나가겠지. 확신에 가까운 내 상상은 대단히 근사해서 떠올리기만 해도 매우 행복하다.

3
○

미노리는 유치원에서 일한다. 다행히도 미노리의 직장은 집에서 가까운 거리지만 아침 7시에는 집을 나서야 한다. 내가 아무리 유치원 일에 대해 아는 게 없어도 유치원

교사의 고단함은 어쩐지 이해가 된다. 어린 아이들을 맡는 일은 책임 또한 중대하다. 그런 일에 불평 한마디 없이 종사하면서 집에서도 미소를 잃지 않는 미노리는 자랑스러운 아내인 동시에 사회생활을 하는 동료로서도 존경할 만하다. 게다가 매일 내 도시락까지 싸주고 있으니 황송할 따름이다.

미노리의 부담을 조금이나마 덜어주고자 집안일을 도운 적이 있었는데 청소기로 비닐을 빨아들여 막히게 만들고 전자레인지로 달걀을 폭발시키는 등, 도와주기는커녕 사고 친 뒷정리만 더 늘리고 말았다. 상황이 이러니 안타깝게도 내가 할 수 있는 일이라고는 욕실 청소와 설거지 정도가 고작이다.

"나 집안일 좋아하잖아. 괜찮아."

비록 미노리는 그렇게 말해주지만…….

어느새 시계의 짧은 바늘은 11시를 넘어 이미 꼭대기에 다가가고 있었다. 눈도 어깨도 뻐근하고 두뇌 회전도 둔해졌다. 조금만 더 하고 자야겠다. 피로는 효율적인 작업의 적이다. 미노리는 여전히 눈앞에서 독서 삼매경이다.

"먼저 자. 내일도 일찍 나가야 하잖아."

담담한 어조로 내가 말했다. 그러나 미노리는,

"아직 잠이 안 와. 이 책 뒷이야기도 궁금하고."

책에 시선을 둔 채 대답했다. 남은 페이지 수가 줄어들었다. 클라이맥스 부분인가. 아마도 그녀의 말은 진심일 것이다. 미노리는 내가 일에 쫓겨 늦은 시간까지 깨어 있다고 해서 자지 않고 기다리는 식의, 상대가 신경 쓰일 만한 행동은 하지 않는다. 그리고 그건 나도 마찬가지다. 우리는 서로를 배려하면서도 자신의 시간을 소중히 지키며 결혼 생활을 보내고 있다.

그녀를 흘긋 살핀다. 안으로 뻗치는 머리칼에 또렷한 이목구비. 아름다운 연갈색 눈동자도 긴 속눈썹도 본인이 신경 쓰는 살짝 낮은 코도 전부 사랑스럽다. 내 시선을 느꼈는지 그녀는 고개를 들어 작게 미소 지었다. 내게는 아까울 만큼 최고의 파트너다. 그 이유 때문만은 아니지만, 감사한 마음을 잊지 않고 온 마음을 다해 소중히 아껴주겠다고 매일 다짐한다.

도중에 커피를 한 잔 더 내린 미노리는 책을 다 읽은 다음 책장을 덮어 테이블에 올려두었다. 만족스러운 표정을 짓고 있는 걸 보니 확실히 재미있었던 모양이다. 그녀는 눈을 가늘게 뜨며 고운 손가락을 깍지 끼고서 천장을 향해 기지개를 쭉 켰다.

그 순간 테이블 위에 아무렇게나 놓여 있던 스마트폰이 울렸다. 미노리가 스마트폰을 집어 자신 쪽으로 당기려 한 순간.

"앗!"

내가 고개를 들었을 땐 이미 늦었다. 머그잔이 그녀의 팔에 부딪혀 엎어진다. 불과 몇 분 전에 내려 온 커피가 쏟아졌다.

"아야!"

미노리의 입에서 나온 목소리다.

잔에 남아 있던 갈색 액체가 테이블 위로 엎질러지면서 그녀의 무릎이 젖는다.

"앗, 뜨거……."

무릎을 붙잡으며 얼굴을 찡그리는 그녀를 본 순간 나는 **능력을 사용했다.**

되감을 시간은 5초. 5초 전과 조금도 다르지 않은 장면. 또다시 미노리의 스마트폰이 울린다. 여기서 말하는 '또다시'는 나에게만 해당되는 사항이다.

스마트폰을 집은 미노리의 손이 방금과 같이 머그잔에 부딪히려 하는데.

"어이쿠."

이번에는 늦지 않게 반응해 미노리의 팔이 닿기 직전 머그잔을 치웠다.

"어머, 위험할 뻔했네. 고마워."

"응, 조심해."

시간을 되감을 수 있는 능력.

나는 아직 이 신기한 능력을 누구에게도 말하지 않았다. 당연히 미노리에게도. 분명 앞으로도 누군가에게 말하는 일은 없을 것이다.

4
○

내가 이 능력을 손에 넣은 건 중학교 3학년 때였다. 물론 어느 날 갑자기 능력에 눈을 뜬 건 아니다. 어떤 신을 도와준 것이 계기였다.

바람이 기분 좋은 봄날이었다. 토요일이라 수업은 없지만 동아리 활동이 있었다. 그렇게 육상부 연습을 오전에 끝내고 학교에서 돌아오는 길이었다.

그때까지 나는 진로 문제나 남의 눈에 내가 어떻게 비치는지 따위를 나름대로 고민하고, 내가 태어난 의미가 뭘까 하는 답이 보이지 않는 명제에 관해 진지하게 생각도 해보는 등 지극히 평범하고 일반적인 중학생 시절을 보내고 있었다. 그런 특별한 것 없는 일상이었지만, 비일상은 난데없이 찾아왔다.

교차로. 볼록 거울로 왼쪽에서 차가 오고 있음을 확인하고서 발을 멈췄다. 모레까지 숙제 끝내야 하는데, 그 만화 신간 발매일이 언제였더라, 무료한 하굣길에 어울리는 이런 따분한 생각들을 하면서 신호가 파란불로 바뀌기를 멍하니 기다리고 있었다. 그때 눈높이보다 조금 높은 담장 위를 검은 물체가 가로질렀다.

나는 반사적으로 시선을 주었다. 좁은 담장 위를 네 발로 날렵하게 질주하는 작은 몸집. 그 정체는 검은 고양이였다. 검은 고양이는 가벼운 몸놀림으로 담장에서 뛰어내리더니 그대로 도로로 달려 나갔다. 그러나 왼쪽에서는 차가 달려오고 있었다. 고양이는 차를 보더니 놀란 듯이 움직임을 멈췄다. 이대로라면 차에 치여 튕겨 나가고 말 텐데. 이성적으로 생각하기도 전에 위험을 감지했다.

"위험해!"

정신을 차렸을 땐 몸이 움직이고 있었다. 검은 고양이의 뒤를 쫓아 도로로 달려 나갔다. 눈앞의 광경이 슬로모션처럼 느려졌다. 전방으로 손을 뻗어 고양이를 감싸 안으며 땅바닥으로 나뒹굴었고, 곧 차가 급정거하는 소리가 들려왔다.

"괜찮아?"

나는 품 안을 향해 물었다.

냐옹, 그 녀석은 전혀 긴장감 없는 소리로 울었다. 다행이다. 무사해 보여서. 내 입에서 안도의 한숨이 새어 나온다.

"야. 너 방금 죽을 뻔했어."

말을 건넸으나 당연히 알아들을 리도 없고, 검은 고양이는 내 품에서 빠져나와 지면에 내려섰다. 아주 평온한 얼굴로. 운전자가 창을 내리고 고개를 내민다. 40대로 보이는 남자였다. 그는 내가 무사한 걸 확인하자 혀를 차더니 "위험하잖아. 주변을 잘 살펴야지"라는 말을 남기고는 곧바로 사라졌다. 갑자기 뛰어든 건 물론 내 잘못이지만 괜찮냐고 물어봐주면 어디가 덧나나. 저런 차가운 어른은 되지 말아야겠다고 생각하면서 일어나 손발을 움직여 보는데,

"윽……."

오른쪽 발목에 통증이 스쳤다. 부러진 것 같지는 않은데 걸을 때마다 욱신욱신한 통증이 느껴졌다. 아무래도 다리를 삔 것 같다.

냐옹! 품에서 벗어난 고양이가 나를 바라보며 울었다.

"아, 괜찮아. 살짝 삐끗했을 뿐이야."

걱정스럽게 내 얼굴을 쳐다보는 바람에 나도 모르게 대답하고 말았다. 평소에는 동물에게 말을 거는 일이 없는데 이 녀석과는 의사소통이 되는 듯한 기분이 들었다. 혹시 인간의 말을 알아듣는 게 아닐까. 그런 바보 같은 생각도 했다. 목걸이를 차고 있지 않은 걸 보니 길고양이인 모양이다. 고양이는 내 발밑으로 다가와 부상당한 오른쪽 발목을 핥았다.

"고마워."

그 마음이 고마워서 나는 다시 쭈그리고 앉아 검은 고양이의 머리를 쓰다듬었다. 고양이도 기분이 좋은지 냐옹, 하고 가만히 있었다. 들뜬 마음에 괜히 턱도 쓰다듬었다. 고양이는 거부하지 않고 골골 소리를 내며 행복한 표정을 지었다. 사람에게 꽤 길들여진 모습이라 놀랐는데, 경계심이 저렇게 없어도 괜찮나 싶었다.

"나는 이만 가야 해. 차에 안 부딪히게 조심해."

그렇게 말하고 일어난 순간, 위화감이 전신을 뒤덮었다. 오른쪽 발목의 통증이 씻은 듯이 사라진 것이다.

"어……."

한순간에 다 나은 걸까. 아냐, 조금 전까지는 걸을 수 있을지조차 모를 정도로 아팠다. 이건 있을 수 없는 일이다. 혼란스러워서 통증 부위를 반대로 착각했나? 그런 가능성 희박한 가설까지 꺼내어 왼발에 이상이 없는지를 확인하며 현실을 부정해봤으나 놀라움은 배가되었다.

—다 나았나?

목소리가 들려왔다. 심지가 단단한 느낌의 맑고 고운 목소리가 머릿속에서 울렸다. 귀로 들은 것과는 확연히 다른 목소리에 당황하며 나는 주변을 둘러봤다. 어디에서도 인기척은 안 느껴졌다. 위로 고개를 들어봐도 기분 좋을 만큼 맑고 푸른 하늘밖에 비치지 않았다. 그럼 아래인가? 아까 구한 검은 고양이가 물끄러미 나를 쳐다보고 있다.

"설마, 너야?"

말도 안 되는 생각이라 여기면서도 검은 고양이를 향해 말을 걸어본다.

—아마도.

또다시 명료한 목소리가 머릿속에서 울렸다.

"으악!"

나도 모르게 뒷걸음질 친다.

—아까는 신세를 졌어. 정말 고마워.

"뭐, 뭐야, 너는!"

평범한 고양이가 아닌 건 분명하다.

—나? 나는 신이지.

더 어렸다면 무서워서 도망쳤을 것이다. 더 어른이었다면 너무 피로해서 환청이 들리는구나, 그렇게 생각하며 무시했겠지. 중학생이라는 불안정한 시기였기에 나는 간신히 말도 안 되는 현실을 받아들일 수 있었을지도 모른다.

머릿속에서 목소리가 울리는데, 그 목소리의 정체는 검은 고양이다. 심지어 그 검은 고양이가 자신을 신이라고 한다. 어떻게든 이 현상을 머릿속에서 정리하려고 했으나 아무리 생각해도 완전히 이해의 범주를 벗어난 상황이었다. 사고가 전혀 작동하지 않았다. 검은 고양이가 내 머리로 직접 말을 건다. 만일 가까운 누군가가 진지한 얼굴로 그런 말을 했다면 나는 틀림없이 그 사람의 정신 건강을 걱정했을 것이다.

5
o

—이제 정신이 좀 드나?

"정신이 들겠니?"

―뭐, 그럼 일단 이야기만이라도 들어주겠나?

수상쩍은 고양이가 영업하는 말투로 이야기를 꺼냈다. 나는 몇 분간 검은 고양이의 이야기를 들었다. 먼저 결론부터 정리해 말하자면 이 세상에는 많은 신이 존재한다. 물론 신을 믿지 않는 인간은 많고 나 역시 그중 한 명이었다. 조금 전까지는.

신은 다양한 동물 형상으로 이 세상에 섞여 있다고 한다. 고양이 이외에도 개나 햄스터, 펭귄과 금붕어 등이 있는데, 인간과 접점이 있는 동물일수록 신의 형상이 많은 듯하다. 텔레비전이나 잡지에 나오는 기이한 현상 중 일부는 장난기 많은 신의 소행이며, '신의 목소리가 들린다'라고 주장하는 종교인 중 약 10퍼센트는 정말로 신과 연결되어 있다.

"그걸 지금 나보고 믿으라고!"

이야기가 끝난 후 내가 제일 먼저 내뱉은 말이다. 그러나 사실은 반신반의, 아니 7 대 3 정도려나. 실제로 불가사의한 목소리가 머릿속에서 울리니까 믿지 않을 수도 없다. 거기에 다친 발목이 감쪽같이 나은 것도 상식을 크게 벗어난 어떠한 영향이 미치지 않은 이상 설명이 안 된다. '신이 차에 치일 뻔하냐!'라는 딴죽은 일단 제쳐두고, 정말로 신이 존재하나, 지금 꿈꾸고 있나, 정신이 어떻게 됐나 하며 답을 찾는 데 집중한다. 하지만 꿈치고는 풍경이 선명하게 보이고 정신도 멀쩡함을 스스로 인식하고 있다. 따라서 이 검은 고양이는 정말로 신이라는 결론에 달하는 셈이다. 본의 아니게도.

그래도 역시 선뜻 믿기지 않는다. 회의적인 시선을 보내자 검은 고양이가 말했다.

―보답으로 너에게 능력을 주지.

"능력?"

―그래. 신이 인간의 도움을 받았을 땐 감사의 의미로 신이 지닌 능력을 내주는 게 관례야. 인간도 신에게 무언가를 부탁할 때 공물을 바치잖아? 그와 마찬가지지.

"와우!"

단순한 남학생인 나는 '능력'이라는 소리에 살짝 이끌리고 말았다.

"그래서 어떤 능력을 줄 수 있는데? 치약을 끝까지 짤수 있는 능력? 아니면 젓가락을 깔끔하게 쪼갤 수 있는 능력?"

―훗! 그런 하찮은 능력이 아니란다.

여전히 검은 고양이로 보이는 신은 내 농담 같은 발언을 일축하고서,

—시간을 되감는 능력이지.

그렇게 말했다.

"그런 게 세상에 어딨어?"

—어떻게 그렇게 단언하지?

"상식적으로 말이 안 되는 소리잖아. 하긴, 너와 이렇게 대화가 가능해진 순간 이미 상식을 벗어났지만. 그리고 백 번 양보해서 네가 신이 맞고 그런 능력을 지녔다면 아까 사고 때 사용했으면 됐잖아."

—앗!

인간 주제에 제법이군. 검은 고양이의 얼굴에 그렇게 쓰여 있었다.

"……"

—그건 너를 시험해보기 위해서였어. 애초에 그런 굼벵이 같은 차는 능력 따위를 사용하지 않고도 돌풍 같은 나의 순발력으로 여유롭게 피하고도…… 나, 남지.

만화였다면 분명 검은 고양이의 이마에 식은땀이 흘렀을 것이다.

"내 눈엔 네가 놀라서 몸이 굳은 것처럼 보였는데."

—뭐라고! 증거 있나?

하악, 소리로 위협하면서 고양이는 내 머릿속에 화난 목소리를 울렸다.

"근데 아까부터 계속 근엄한 말투를 쓰는데, 사실 너 덜렁이지? 자기 능력도 잊어버려서는 차에 치일 뻔하고."

—무, 무, 무, 무슨 소리야! 나는 진짜 근엄한 신이라고! 신을 무시하는 것도 적당히 하시지!

근엄한 신은 굳이 자기 입으로 근엄하다고 하지 않을 텐데. 그렇지만 나는 어느새 자연스레 신의 존재를 인정하고 있었다. 희미하게 품고 있던 공포도 어딘가로 사라져버렸다. 그나마 지나가는 사람이 적어 다행이었다. 나는 지금 길고양이에게 말을 거는 정신 나간 놈처럼 보일 테니까.

"네네. 그래서, 뭔데? 시간을 되감는 능력이랬나?"

—그래. 당장 능력을 내주지.

그렇게 말하며 검은 고양이는 몇 초간 가만히 있었는데 나는 아무런 변화를 느끼지 못했다.

—어때?

"전혀 모르겠는데."

—그렇다면, 이 돌을 걷어찬 뒤 곧바로 능력을 써봐. 사용할 때 마음속으로 빌기만 하면 돼.

나는 마지못해 검은 고양이의 지시를 따랐다. 발밑의 돌을 걷어차고서 3초 전으로 되감아달라고 빈 것이다. 그러자 눈이 핑그르르 돌고 뇌가 흔들리는 듯한 신기한 감각에 휩싸였다. 잠시 후 발밑에는 분명 조금 전 걷어찬 돌이 떨어져 있었다.

—어때?

"확실히, 돌아왔네."

고양이에게도 우쭐한 표정이 있구나, 나는 그런 시답잖은 생각을 했다.

—조심해야 할 게 있어. 이 능력에는 부작용이 있거든. 아, 지금 사용한 건 카운트되지 않으니 안심해.

"부작용?"

—그래. 그건 말이야.

검은 고양이는 이 능력의 부작용에 관해 설명하기 시작했다. 그런데 검은 고양이가 설명을 너무 못해서 나는 중간중간 질문을 해가며 들어야 했다.

부작용에 관해 한마디로 정리하면 이렇다. 능력을 사용하면 되감은 시간의 다섯 배에 해당하는 수명이 줄어든다. 예를 들어 1분의 시간을 되감으면 5분이, 1년이란 시간을 되감으면 5년의 수명이 줄어든다는 말이다. 그렇다고 되감은 시간만큼 나이가 원래대로 되돌아가는가 하면 그렇지도 않은 모양이다. 스무 살인 상황에서 남은 수명이 60년이라고 할 경우, 시간을 10년 되감으면 50년의 수명이 줄어들고 그 결과 되돌아간 시점부터 10년밖에 못 산다는 뜻이다.

"그렇구나."

내용을 이해한 나는 수긍했다. 그건 부작용이라기보다는 위험이나 대가라고 부르는 게 더 정확했다. 시간을 되감는다고 하는, 인생마저 바꿀 만한 능력에 비하는 균형감이라고 생각한다.

—그리고 능력을 사용하여 과거로 돌아가 있는 동안에는 능력을 또 사용할 수 없어.

"무슨 말이야?"

아리송하다.

—예를 들어 네가 능력을 사용해 5분 전으로 돌아간다고 가정해보지. 그 경우, 돌아간 순간부터 5분간은 새로 능력을 사용할 수 없다는 말이야.

"아, 그 말이구나."

예시를 들으니 충분히 이해되었다. 능력을 중복해서 사용할 수 없다는 말인가 보다. 부작용 같은 제한은 있지만,

능력을 잘못 쓰지만 않으면 모든 상황에서 크고 작은 다양한 실패를 리셋할 수 있는 굉장히 유용한 능력인 것 같다.

—그리고 한 가지 더, 중요한 얘기가 있어. 이 능력을 자신을 위해 악용하면 너의 영혼은 소멸하게 돼.

"영혼이 소멸한다."

인간의 말을 완벽하게 구사하며 뇌로 말을 걸어오는 검은 고양이가 그런 영적인 말을 하니 웃어넘길 수 없는 위협이 된다.

"그래서 그 악용이 뭔데?"

—경마나 로또처럼 금전과 관련된 것. 그리고 입학시험이나 취업 활동 같은 일이지. 명확하게 나누기는 어려우나 누구에게도 피해를 주지 않는 범위 내에서 사용한다면 별문제는 없어.

그렇구나. 조금 안심이 되었다.

"그런 짓은 안 해."

나는 야비한 짓은 싫어한다.

—그 점은 나도 신용하고 있지. 이래 봬도 사람 보는 눈은 정확하다고.

인정해준 것 같아 약간 기뻤다.

—그럼, 또 보자고.

그 말을 남긴 뒤 검은 고양이는 날렵한 움직임으로 어딘
가로 사라졌다.

그렇게 나는 능력을 손에 넣게 되었다. 하지만 검은 고양
이, 아니 신이 말한 대로 이 능력에는 부작용이 있다. 능력
을 사용한 대가로 되감은 시간의 다섯 배에 해당하는 수명
이 줄어든다.

다시 말해 조금 전 미노리가 커피를 쏟았을 때 5초 정도
시간을 되감았는데, 그래서 나의 수명은 25초 줄어들게 되
었다. 고작 커피를 쏟은 일 정도로 귀중한 수명을 희생해야
한다. 그러나 미노리는 무릎에 커피를 쏟았다. 화상을 입었
을지도 모른다. 게다가 쏟은 커피를 닦는 시간을 생각하면
어떨까. 분명 25초 이상의 시간이 필요할 테다. 즉 나는 빠
르게 능력을 사용함으로써 시간도 절약한 셈이다.

지금껏 몇 번 능력을 이용했는데 모두 결과적으로 플러
스가 되는 일이라고 확신했다. 중요한 데이터 편집 중에 갑
자기 컴퓨터가 먹통이 됐을 때나 현관문을 잠갔는지 기억
이 안 날 때 등, 전부 5분 이하의 짧은 시간이었다. 그 대가
로 잃는 시간은 다 합쳐도 채 하루가 안 된다. 당연히 중요
한 시험이나 도박 같은 데에 악용하지도 않는다. 나는 그렇

게 시간을 되감는 능력을 인생의 조금 색다른 이점으로 여기고 시간 절약에 사용했다.

검은 고양이의 모습을 한 신은 그 이후 내 앞에 모습을 드러내지 않았다. 분명 길고양이답게 어딘가에서 자유롭게 살고 있을 것이다.

6

역 앞에 들어선 5층짜리 낡은 빌딩. 그 한가운데인 3층. 내가 근무하는 회사는 제법 그럴듯한 곳에 자리하고 있다. 복장 규정이 상당히 자유로워서 깔끔한 정장부터 수수한 캐주얼 패션, 후줄근한 운동복까지 다양한 차림을 볼 수 있다.

시각은 정오를 조금 지난 무렵. 근무 중인 직원은 얼추 인원의 절반 정도. 평소에도 전반적으로 편안한 분위기의 사무실이지만 지금은 하루 중에서도 한층 평온해지는 시간대다. 커피 향과 달콤한 과자 향이 사무실에 감돈다. 키보드를 두드리는 소리에 섞여 들리는 잡담 소리에서도 굉장히 자유로운 회사 분위기가 엿보인다. 그렇다고 회사다운 기능을 하지 않는 건 아니다. 불성실한 인간도 있으나 그런 부류는 지극히 적고, 기본적으로는 자신에게 주어진 업무를 확실하게 완수하는 유형의 직원들이 대부분이다.

급한 업무를 일단락 짓고서 나는 잠시 쉬기로 했다. 휴식도 각자 원하는 시간에 알아서 취하면 된다. 함께 밖으로 나가 식사를 하는 동료들도 있지만 나는 보통 내 자리에서 혼자 밥을 먹는다.

미노리가 싸준 도시락을 열었다. 어제 먹고 남은 반찬과 흰쌀밥. 늘 먹는 메뉴다. 손이 많이 가는 음식은 아니지만 아침 일찍 일어나 만들어주는 사람한테 어떻게 불평할 것이며, 불평할 생각도 없다. 맛도 문제없을뿐더러 오히려 이 주변 밥집이나 패밀리레스토랑 음식보다 맛있다. 미노리가 직접 싸줬다는 행복도 업무 중에는 몰랐던 공복을 채워주는 요인이다.

도시락을 다 먹고 페트병에 담긴 녹차를 마신 뒤 한숨 돌렸다. 평소 같으면 점심식사 후 바로 업무를 시작하는데 오늘은 도무지 마음이 안 내킨다. 살짝 졸리다. 10분 정도만 더 쉬고 시작해야겠다. 의자에서 일어나 크게 기지개를 켠다. 그리고 툭, 다시 자리에 앉아 숨을 크게 내쉰다. 인터넷 뉴스라도 볼까 하고 주머니에서 스마트폰을 꺼냈다. 전원 버튼을 눌러 화면을 켜자 세 통의 전화가 와 있었다. 약

5분 간격으로 걸려 와 있었는데 모두 미노리에게서 온 전화였다.

'무슨 일이지.'

미노리와는 평소에 메시지를 자주 주고받는다. 그런데 평일 점심시간에 전화를 걸어 온 건 처음이었다. 일하는 동안에는 긴급 상황일 때만 전화하기로 둘이서 정해놓았다. 등줄기가 서늘해지며 심장이 미친 듯이 뛰기 시작했다. 졸음이 싹 달아났다. 불길한 예감이 온몸을 휘감는다.

전화를 걸어야겠다고 생각한 그 순간. 미노리에게서 온 네 번째 전화가 울렸다. 떨리는 손으로 곧장 통화 버튼을 누르며 복도로 나간다. 제발. 사소한 용건이기를. 잘못 건 전화든 뭐든 상관없다. 아무튼 무사하기를. 미노리에게 아무 일도 없기를 간절하게 빌면서 스마트폰을 귀로 가져간다.

"여보세요."

내 심장 소리가 들려온다.

"여보세요."

대답하는 목소리는 미노리가 아니었다.

그 순간 이미 나의 불안은 최고조에 달했다. 시야가 흔들리며 세상의 균형이 깨지는 것 같다. 벽에 손을 짚고 어떻게든 몸을 지탱해본다.

"저기, 저,"

내가 조심스레 말을 꺼내는데,

"유즈키병원입니다."

상대방은 이름을 대려는 나를 아랑곳하지 않고 말했다.

병원. 긴급 상황. 전화를 건 사람은 미노리가 아니다. 그 말은 본인은 전화를 걸 수 없는 상태라는 걸까?

"진정하시고 들어주세요."

그 말이 이미 진정할 수 없는 상황임을 암시하고 있었다.

"아내분이신 미노리 씨가요……."

안 돼! 더 이상 아무 말도 하지 마.

상대방이 말을 마치기도 전에 나는 계단을 뛰어내려갔다. 눈앞도, 머릿속도 새하얗게 물든다. 정신을 차렸을 때는 택시 안이었다. 회사를 나와 역 앞에서 전력으로 질주해 택시를 잡아타고서 목적지를 알린 건 어렴풋이 기억이 난다. 숨을 헐떡이며 얼빠진 표정을 짓고 있는 나를 50대로 보이는 운전기사가 백미러 너머로 의아하게 쳐다본다. 하지만 알려준 목적지와 다급해 보이는 내 모습에서 보통 일이 아님을 느끼고 운전을 최대한 서두르는 듯했다.

빨간불에 걸리자 애가 탄다. 겨우 유즈키병원에 도착했

다. 실제로는 30분도 안 걸렸을 테지만 내겐 한두 시간도 넘게 느껴졌다.

"고맙습니다!"

나는 빠르게 말하고는 운전기사에게 만 엔짜리 지폐를 건넸다. 잔돈도 받지 않고 서둘러 내린 후 병원 출입구를 향해 내달렸다. 진정되어가던 심장이 재차 요동친다. 데스크에서 이름을 대고 간호사의 안내를 받는다. 초조해하는 내 모습에 간호사는 빠른 걸음으로 앞장섰다.

집중치료실 앞에서 기다리길 몇 분. 현실감이 느껴지지 않았다. 나는 기도 말고는 할 수 있는 게 없었다. 마주한 두 손을 이마에 대고 현실을 직시하길 거부하듯 눈을 꼭 감았다. 한참을 그 자세로 있었다. 가능한 한 아무것도 생각하지 않으려 했으나 아무리 노력해도 최악의 상상만이 뇌리에 가득 찬다.

치료실 문이 열리고 흰 가운을 몸에 두른 의사가 나타났다. 안경을 쓴 부드러운 분위기의 남성. 그 표정에서는 아무것도 읽히지 않는다. 남자는 내 쪽을 쳐다보며 이름을 확인했다. 내가 고개를 끄덕이자 의사는, 절망을 알렸다.

"최선을 다해 구명 조치를 했습니다만, 유감스럽게도……."

세상이 무너진다. 이성이 조각난다.

"병원에 도착했을 때 이미 손쓸 수 없는 상태였습니다."

그 후 의사가 긴 설명을 이어갔으나 상황을 받아들이기를 포기한 뇌는 그 어떤 말도 의미를 이해하지 못했다.

세상은 내게서 제일 사랑하는 사람을 빼앗았다.

7
○

장난하지 마. 미노리를 돌려내. 왜 미노리가 죽어야 하는데!

그렇게 미친 듯이 화를 내며 눈앞에 있는 의사의 멱살을 잡기도 했다. 그 정도로 세상의 불합리함에 분노를 느꼈다. 하지만 그렇게 한들 미노리가 돌아오지 않는다는 사실을 알고 있었다. 더 화를 내봤자 슬픔만 커질 뿐이다. 어느 정도 냉정을 되찾은 나는 의사에게 설명을 들었다.

직장인 유치원에서 그녀는 갑자기 쓰러졌다. 동료의 신고로 구급차를 타고 이 병원으로 이송되었다. 뇌의 혈관이 좁아지면서 혈액이 막혀버렸다. 그런 내용을 의사가 설명했으나 자세한 내용은 거의 귀에 안 들어왔다. 사인 따위 상관없었다. 미노리가 이 세상에서 사라져버렸다는 사실만으로 내가 절망하기에는 충분했다. 의사와 간호사의 걱정에 찬 눈빛을 뒤로하고 병원을 떠났다.

어떻게 집에 돌아왔는지도 잊어버렸다. 정신이 들었을 때 나는 거실 소파에 앉아 조용히 눈물을 흘리고 있었다. 이 상황이 그저 악몽이라면 얼마나 좋을까. 책장에 가득 꽂힌 책은 70퍼센트 이상이 미노리의 책이었다. 그녀는 자기 전에 꼭 책을 읽었다.

바닥에는 쓰레기 한 톨 안 보였다. 깔끔한 걸 좋아하는 미노리는 언제나 즐겁게 콧노래를 부르며 청소기를 돌렸다. 내닫이창에 꾸며놓은 라벤더 화분은 작년 결혼기념일에 내가 선물한 것이다. 미노리는 자애가 가득한 표정으로 하루도 빼먹지 않고 화분에 물을 주었다. 지금 앉아 있는 소파도 미노리가 고른 것이다. 가격이 상당히 비싸서 내가 조금 더 싼 것이 좋지 않겠냐며 반대했으나 미노리는 평소답지 않게 자신의 의견을 밀어붙였다. 결국 편안한 사용감에 매료되어 나도 만족했다.

이 집에 있으면 싫어도 미노리의 흔적이 눈에 들어온다. 그렇다고 집 밖에 나갈 기력도 없다. 이제야 상실감이 밀려온다. 그 상실감을 몸 밖으로 몰아내려는 듯 눈물이 흘러나와 멈추지 않았다. 행복으로 가득했던 나의 세상은 어이없을 만큼 쉽게 뒤집히고 말았다. 그리고 이때는 내가 비장의 무기를 지니고 있다는 사실조차 머릿속에서 지워져 있었다.

미노리가 죽고 며칠 후 그녀의 장례식이 거행되었다. 미노리의 부모님과 남동생 쓰바사의 도움을 받아 그녀와 헤어질 준비를 했다. 미노리의 부모님은 눈 밑에 짙은 다크서클이 드리워져 있었고 마치 로봇처럼 덤덤히 움직였다. 내 눈에는 감정을 전부 죽인 사람처럼 보였다. 승려의 염불이 이어졌고 장례식장 여기저기에서 흐느끼는 소리가 들려왔다. 미노리가 많은 사람에게 사랑받았음을 이제야 새삼 깨닫는다.

어머님은 결국 견딜 수 없었는지 마치 댐이 터져 무너지듯 격렬하게 오열하기 시작했다. 옆에 앉은 아버님도 왼손으로 어머님의 등을 쓸며 오른손으로 얼굴을 가렸다. 미노리의 부모님은 사위인 나를 친자식처럼 대해주는 굉장히 따뜻한 사람들이었다.

염불이 끝나고 분향 시간이 되었다. 미노리의 죽음을 애도하는 사람이 향을 피우고 합장한다. 한 사람 한 사람 고개를 숙인다. 나와 미노리는 같은 중·고등학교를 나온 탓에 아는 얼굴이 많았다. 사소 아야카도 그중 한 명이었다.

미노리의 고등학교 단짝 친구. 자연스레 나도 그녀와 친하게 지냈다. 눈앞의 아야카는 평소의 씩씩함은 온데간데없이 눈이 퉁퉁 부은 모습이었다.

장례식이 끝난 후 몇 명의 지인이 이런저런 말을 걸어왔다. 대부분이 위로하는 내용이었으나 나는 그 말을 흘려들으며 형식적인 말로 대답했다. 가장 마음에 남은 건 한 남자의 생각지도 못한 말이었다. 그 말은 마치 가격하듯 내 마음을 강하게 흔들었다.

"나도, 좋아했어."

상대가 누구인지는 말하지 않았지만, 금방 미노리임을 알아차렸다. 그 남자는 중·고등학교를 같이 나온 친했던 친구다. 미노리도 자주 그 애에 관해 이야기했는데, 그가 미노리에게 연애 감정을 품고 있던 줄은 몰랐다. 그의 말에는 나를 향한 비난이 담겨 있는 것 같았다.

—너 때문에 미노리가 죽었어. 네가 미노리를 제대로 지켜주지 못했기 때문이야.

미노리의 죽음은 내가 아무리 발버둥을 친들 막을 수 있는 일이 아니었다. 그 사실을 알고 있어도 죄책감과 자기혐오로 미칠 것 같았다. 가슴에 구멍이 뻥 뚫렸다는 말로는 도저히 표현이 다 안 될 만큼 나는 내 존재가치를 잃어버렸다. 사랑하는 사람이 사라진 세상에서 살아갈 의미 같은 건 하나도 없다.

그런데 죽을 힘도 없다. 텅 빈 상태로 장례식을 마친 후 찾아온 건 이제껏 한 번도 겪어보지 못한 적막감과 상실감이었다. 지금껏 살아온 의미가, 앞으로 살아갈 이유가 내 안에서 사라지고 말았다.

미노리의 생명은 고작 25년에서 끝이 났다. 그러나 그녀는 오래오래 살아서 더욱 다양한 것을 보고 들으며 체험해야 했다. 내가 그녀를 더욱 행복하게 해줘야 했다. 이토록 불합리한 운명을 나는 강하게 저주했다.

미노리의 장례식이 시작되기 전부터 줄곧 생각하던 것이 있다. 나는 특별한 능력을 지녔다. 그것을 사용하면 미노리를 살릴 수 있다. 그 특별한 능력은 분명 이때를 위해 주어졌다고 생각한다. 하지만 그 능력에는 상당히 위험한 부작용이 따른다. 생각을 정리할 시간이 필요했다. 아니, 이미 마음속으로는 갈 길을 결정했다. 나머지는 각오의 문제였다. 미노리의 행복을 되돌릴 수만 있다면, 나는……

8

　　내가 미노리의 죽음에 대해 자세히 알게 된 건 지금으로
부터 며칠 전, 그녀가 죽은 다음 날이었다. 받아들이기 힘
든 현실을 겨우 받아들인 나는 병원 진료실에서 미노리의
사인에 관한 더욱 자세한 이야기를 들을 수 있었다. 의사의
말에 의하면 뇌혈관 일부가 좁아졌던 모양이다. 그 때문에
막힌 혈관이 파열되면서 그녀가 죽었다고 한다. 언제 죽어
도 이상하지 않은 상태였다, 미노리의 뇌 사진을 모니터에
띄운 의사는 그렇게 설명했다.

　　"최근 미노리 씨가 머리를 세게 부딪힌 일이 있습니까?"

　　"아뇨. 제가 알고 있는 한은, 없습니다."

　　스스로도 놀랄 만큼 텅 빈 목소리였다.

　　"그렇겠지요."

　　의사는 고개를 끄덕였다.

　　"그 말씀은?"

　　나는 대답을 재촉했다.

　　"부인께서 위험한 상태가 되었던 건 아마도 꽤 오래전
부터였다고 봅니다. 여태 쓰러지지 않은 게 오히려 기적 같
네요."

의사는 미노리를 죽음에 이르게 한 혈관 수축을 그렇게 평했다.

"아, 이날이겠네요."

진료 기록을 보며 말을 잇는다.

"이날 미노리 씨가 머리를 세게 부딪혀 검사를 받았군요. 당시에는 별다른 이상이 없다고 기록되었는데, 이때 이미 혈관 수축이 시작된 것 같아요."

"그날이 언제죠?"

나는 의사가 보여준 날짜를 여러 번 마음에 새겼다. 생각해보면 이때 이미 각오가 싹트기 시작했는지도 모르겠다. 그 날짜를 보니 어렴풋이 짚이는 게 있었다. 지금으로부터 11년 전, 우리가 중학교 3학년이던 때다.

체육 시간. 체육대회가 얼마 남지 않아 수업 대부분이 대회 연습이었다. 비교적 마른 몸의 미노리는 여학생 전원이 참가하는 기마전에서 위에 올라타는 말 역할을 맡았다. 그날 연습 때 그녀는 땅에 떨어져 머리를 부딪혔다.

남학생도 옆에서 단체 체조 연습을 하고 있었기에 그때의 소란이 기억에 남아 있다. 신임 체육 교사가 패닉 상태에 빠졌던 것까지 포함해서 말이다. 그 무렵 나는 이미 미노리에게 관심이 생겨 매일같이 그녀를 눈으로 좇고 있었다. 그래서 나는 그날 아침부터 미노리의 몸 상태가 별로인 걸 눈치채고 있었다. 그때 억지로라도 미노리가 체육 수업에 참여하지 못하도록 막았더라면 그녀는 여전히 살아서 내 곁에 있었을 것이다. 후회만 더해간다.

머리를 부딪힌 미노리는 순간적으로 의식을 잃었으나 금방 일어났다. 통증은 있어 보였지만 평소처럼 걸을 수 있었고 피도 흘리지 않았다. 혹시 몰라 조퇴하고 병원에 가서 검사를 받은 것까지가 내가 알고 있던 그날의 일이다. 그리고 그 검사에서 이상 없다는 결과가 나왔다는 사실을 지금 의사에게 듣고서야 알았다.

의료 기술은 나날이 발전하고 있다. 거꾸로 말하면 10년도 훨씬 지난 과거의 기술은 지금에 비해 뒤떨어진다. 그렇다고 어쩔 수 없는 일로 받아들일 수 있을 만큼 나는 성숙한 어른이 아니다. 그때 검사 후 이상이 없다고 판단한 의사를 용서할 수 없다. 하지만 그 인간을 탓한다고 미노리가 돌아오는 것은 아니다.

미노리의 친척이 장례식 뒷정리를 하는 가운데 나는 혼자 밖으로 나왔다. 영업직으로 보이는 샐러리맨이 이어폰으로 음악을 들으며 활기차게 걸어간다. 같은 학교 교복을 입은 고등학생 무리가 즐겁게 웃으며 지나간다. 세상은 이렇게나 평소와 다름없는데 미노리만 없다. 그 사실이 무겁게 어깨를 짓누른다. 다 마른 줄 알았던 눈물이 뺨을 타고 흐른다. 그러자 봇물 터지듯 슬픔이 넘쳐흘러 눈물이 멈추지 않았다. 남들 눈에 안 띄는 곳으로 자리를 옮긴다. 그때 용기를 내어 몸이 안 좋아 보이는 미노리에게 말을 걸었다면……

아무리 과거를 후회해봤자 미노리는 돌아오지 않는다. 그렇다면 과거를 바꾸는 수밖에 없다. 미노리의 죽음은 내 인생에 오류였다. 그러나 다행히도 오류를 없앨 수 있는 부분을 알고 있다. 11년 전의 점심시간. 며칠 전으로 돌아가 미노리를 검사받게 하는 것도 잠시 생각했다. 그러나 의사가 했던 말이 신경 쓰였다. 미노리가 언제 죽어도 이상할 게 없는 상태였으며 지금껏 쓰러지지 않은 게 오히려 기적이라던 말.

만일 다시 검사를 받고 뇌에 이상을 발견했다고 해보자. 당연히 수술을 받게 되겠지. 하지만 과연 그 수술이 100퍼센트 성공할까. 실패할 위험성도 있다. 규칙상 능력을 사용해 과거로 돌아가 있는 동안에는 능력을 또 사용할 수 없다. 검은 고양이 모습을 한 신이 분명 그렇게 말했다. 다시 말해 되감은 세계에서 미노리가 죽게 되면 다시 되돌릴 수 없으며 미노리가 죽을 때마다 능력을 쓰다가는 끝이 없다. 그렇다면 언제로 돌아가야 미노리의 생존이 확실해질까. 그건 나는 물론이고 의사도 모르겠지. 그러면 처음부터 미노리가 죽음에 이른 원인 그 자체인 11년 전 그날의 사건을 바꾸는 수밖에 없다.

그래서 나는 능력을 사용하기로 마음먹었다. 한번 사용해버리면 뒤로 물러설 수 없다. 11년 전으로 돌아가, 한 번 더. 한 번 더 쌓아올리자. 미노리의 행복을. 능력의 부작용은 되감은 시간의 다섯 배이다. 11년의 다섯 배면 55년. 내 인생의 대부분을 희생해서라도 미노리가 살아 있는 세상을 되찾는다. 그녀가 없는 세상은 내게 아무런 의미도 없으니까.

—정말 괜찮겠나?

누군가가 머릿속으로 말을 걸어온다. 남자인지 여자인지 알 수 없는, 그런데도 독특한 매력이 느껴지는 신기한 목소리. 발밑으로 시선을 내리자 그때 그 검은 고양이가 있었다.

"아, 너구나. 오랜만이네."

눈물을 닦으며 나는 쭈그리고 앉는다.

―한 10년 만인가. 뭐, 신에게는 한순간이지만.

"나도 오늘은 검은색이야. 똑같네."

상복은 원래도 무겁지만, 무엇보다 입는 사람의 마음마저 무겁게 한다.

―그래.

대답하는 검은 고양이의 음색이 딱딱했다.

분명 이 작은 신은 내게 일어난 일을 알고서 나타났겠지. 그리고 내가 하려는 일도.

"가장 소중한 사람이 죽었어. 만일 이 능력이 없었다면 아마 뒤따라 죽었을 거야."

―그렇군.

"응. 그래서 고마워."

네가 이 능력을 준 덕분에 나는 미노리를 구할 수 있을지도 몰라.

―미안하군.

"왜 미안해?"

검은 고양이의 표정을 읽을 수는 없지만 어째서인지 신묘한 표정으로 보였다.

―만일 내가 조금 더 높은 신이었다면 부작용은 더 적었을 거야.

되감은 시간의 다섯 배에 해당하는 수명을 대가로 지불해야만 한다. 확실히 나 같은 인간에게 그 부작용은 상당히 큰 부담이다.

"그래서 미안한 거야? 괜찮아. 미노리를 구할 수 있는 걸로 충분해."

그 말은 조금의 거짓도 없는 나의 본심이었다.

—네가 하려는 일이 무엇을 의미하는지 알고 있나?

"알지. 너, 나 막으러 온 거야?"

나와 검은 고양이는 가만히 마주 본다. 찌르는 듯한 날카로운 안광을 보니 내 앞의 존재가 과연 신으로 느껴졌다.

—아니, 사랑하는 사람을 잃은 충격에 그저 자포자기 상태로 그런 결정을 내렸다면 막을 생각이었지만 너의 눈을 보니 괜찮겠군. 확실한 각오가 보여.

"그래. 걱정해줘서 고마워."

—걱정 안 했거든! 이봐, 얼른 능력을 사용해. 꾸물대다가는 그 다섯 배만큼의 수명을 도둑맞는다고.

"말 안 해도 알아. 마지막으로 한 가지 부탁이 있는데, 들어줄래?"

—뭔데?

"이거, 함께 과거로 가져가도 될까?"

나는 '어떤 것'을 가리키며 말했다.

—그거라면 안 될 것도 없지만, 위험하다는 건 알고 있지?

"알아. 그래도……."

—무슨 일이 벌어져도 난 몰라.

검은 고양이는 조금 걱정스러운 목소리로 말하며 꼬리를 좌우로 흔든다. 그러자 내가 들고 있던 '어떤 것'이 푸르게 빛났다.

"고마워. 그럼 갈게."

제 2 장

단지 그뿐

1
○

중학교 3학년인 야나기바 미노리는 교실 창문으로 밖을 바라보며 멍하니 생각에 잠겼다.

'무슨 일 있나?'

고민거리는 동급생 구로타키 유야 때문에 생겼다. 최근 유야가 어딘가 달라진 것 같다. 미노리와 유야는 어릴 때부터 서로를 잘 알고 있었다. 옆집에 사는 이웃사촌에 같은 학년. 초등학생 때는 같은 등교반(일본에서는 아이들의 범죄 노출 예방과 안전을 위해 집이 같은 방향인 아이 여럿이 모여 함께 등·하교를 하도록 실시하고 있다)이라 매일 아침 함께 등교했다. 부모끼리도 사이가 좋아 서로의 집에서 같이 식사를 하거나 야외로 나들이를 가는 등 온 가족이 교류가 잦았다.

어린 시절의 미노리는 어른이 되면 유야와 결혼하리라 믿어 의심치 않았다. 굳이 입 밖에 내지는 않았지만 당연한 일로 여겼고 유야도 마찬가지라고 생각했다. 하지만 세상 대부분의 남녀가 그러하듯 학년이 올라가면서 유야는 미노리와 거리를 두기 시작했다. 미노리 역시 소원해진 거리를 메우려고 먼저 유야에게 다가가는 일은 없었고 대신 여자 친구들이 늘어갔다. 어렴풋이 Like와 Love를 구별할 줄 알게 되면서 유야와 결혼하겠다는 마음도 어느샌가 사라졌다. 지금 와서 돌이켜보니 바보 같은 생각을 했구나 싶다. 초등학교 저학년 때는 자주 서로의 집을 오갔는데 그런 기회도 서서히 줄어갔다. 하물며 중학생이 되고서는 대화다운 대화조차 안 하게 되었다.

그런데 일주일 전쯤, 중학교 3학년이 된 두 사람에 사이에 변화가 있었다. 공기가 차가워지기 시작한 10월 어느 날의 일이었다. 미노리는 3학년이 된 후로 점심시간을 도서실에서 보내는 날이 많아졌다. 그날도 평소처럼 도서실에서 책을 읽고 있었다. 조용한 공간에서는 마음이 편안해 무엇을 하든 집중이 잘된다. 문득 시계를 보니 점심시간이 끝나가는 참이다. 미노리는 읽고 있던 문고본을 가방에 넣

고 도서실을 뒤로했다. 5교시는 체육 수업이다. 체육대회
가 얼마 남지 않아 오늘도 연습을 해야 했다. 미노리는 운
동은 잘하지 못해도 행사는 좋아해서 중학생 시절의 마지
막 체육대회를 기대하고 있었다. 들뜬 마음을 안고 체육복
으로 갈아입기 위해 탈의실로 향한다.

"야나기바."

복도를 걷고 있는데 뒤에서 누군가 자신을 부르는 소리
가 들렸다. 목소리의 주인이 유야임을 바로 알아채지는 못
했다. "응?" 하고 뒤돌아 대답하면서 미노리는 의아함을 느
꼈다. 언제부턴가 유야는 미노리를 성으로 부르고 있었다.
그의 목소리가 낮아짐과 동시에 유야 안에서 그녀는 미노
리가 아닌 야나기바로 바뀌었다.

"체육 수업 나가?"

질문하는 의도를 모르겠다.

"응, 나가야지. 왜?"

체육 수업은 옆 반인 유야네 반과 합동으로 진행된다.
그래서 두 사람 모두 다음 수업이 체육이라는 사실을 유야
도 당연히 알고 있다. 유야는 아주 잠깐 눈을 마주치더니
곧바로 시선을 돌리며 머뭇머뭇 입을 열었다.

"몸, 안 좋아 보이는데 괜찮아?"

초등학생 때의 카랑카랑한 목소리가 아니라 거짓말처럼 남자다운 저음이었다. 어딘가 자신이 없는 것 같기도 하고 미노리의 반응을 무서워하는 듯한 느낌도 있었다.

"어, 어떻게?"

확실히 오늘 미노리는 열이 있었다. 하지만 그렇게까지 고열도 아니었고, 조심하면 괜찮겠지 싶어 체육 수업은 처음부터 나갈 생각이었다. 더구나 오늘은 3학년 여학생 전원이 참여하는 기마전 경기의 연습 날이다. 미노리가 수업에 안 나가면 다른 팀원들이 연습을 못 하게 된다.

"보면 알아."

유야는 그렇게 말했지만 친한 여자애들조차 미노리의 몸 상태를 눈치채지 못했다. 유야가 알아챈 건 분명 초등학생 때부터 서로를 알아왔기 때문일 뿐, 다른 이유는 없겠지. 결국 유야는 몸이 아픈데도 체육 수업을 감행하려는 미노리를 걱정해 이렇게 말을 걸어줬다는 뜻이다.

"하지만……."

아픈 걸 참고 40분 운동하는 정도는 괜찮다. 내가 빠지면 모두에게 피해를 주게 된다. 유야가 걱정해주는 건 기뻤지만 미노리는 순순히 말을 들으려 하지 않았다.

하아, 어이없다는 듯이 한숨을 내쉬고서 유야가 말했다.

"남 걱정하는 건 좋은데, 조금 더 자신을 소중히 여겨. 얼른 보건실 가자. 체육 선생님께는 내가 말해놓을 테니까."

유야는 미노리가 하려던 말을 정확히 예측하고 있었다.

그러고는 미노리의 손목을 붙잡고 걷기 시작한다.

마지막으로 유야와 손을 잡은 게 언제였더라? 분명 초등학교 저학년이었을 텐데, 구체적인 날짜는 기억이 안 난다. 그때는 아직 손을 잡는 행위가 친한 사이임을 보여주는 차원에 지나지 않았다. 중학생이란 잡은 손에 다른 의미를 찾아내기 시작하는 나이다.

수업이 시작되기 직전. 보건실을 향해 인기척이 없는 복도를 걸어간다. 어느새 남자답게 커진 유야의 오른손이 미노리의 왼쪽 손목을 감싸고 있다. 손에 힘이 들어가 있는지 손목이 조금 아팠다. 미노리가 아프다고 하면 유야는 아마도 손을 놓아줄 것이다. 하지만 미노리는 말하지 않았다. 이유는 모르겠지만 이대로 계속 잡아주길 바랐다.

까치집이 지어진 뒤통수와 예전보다 커진 등을 시야에 담으며 미노리는 유야가 손을 놓지 않았으면 하는 이유를 생각하고 있었다. 그러나 답이 나오지 않는다. 빨라지는 심장 소리를 들키지 않으려 미노리는 잠자코 유야의 등 뒤를 따라갔다.

2
○

두 사람은 말없이 보건실 앞까지 왔다. 유야는 그제야 겨우 미노리의 손을 놓았다. 미노리는 고개를 돌리지 않은 채 유야가 여태까지 잡고 있던 부위에 눈으로만 시선을 주었다. 조금 붉어져 있었는데 만져보니 약간의 온기가 느껴졌다.

유야는 서슴없이 보건실 문을 노크한 뒤 "선생님." 하면서 들어갔다.

"무슨 일이니?"

보건실 안에서는 푸근한 얼굴의 보건 선생님이 책상에 앉아 업무를 보고 있었다.

미노리는 이곳에 올 일이 별로 없어서 보건 선생님을 보는 게 오랜만이었다. 그래도 처음 봤을 때 부드러워 보이는 인상이 좋았던 건 기억이 난다.

"죄송해요. 얘 몸이 안 좋은 거 같아서요, 쉬게 해주세요."

미노리가 멍하니 서 있어서 그랬는지 유야가 대신 사정을 설명했다.

"그렇구나, 알았어. 알려줘서 고마워."

보건 선생님이 포근함이 가득 담긴 미소로 대답한다. 표정뿐만 아니라 존재 자체에 다정함이 흘러넘쳐서 이 보건실 안을 따스한 기운으로 채우고 있다. 그런 이미지의 선생님이다. 그러고 보니 초등학교 때도 보건 선생님이 엄청 인자한 분이었는데. 보건 선생님은 학생을 안심시키는 표정 자격 시험이라도 보는 걸까. 미노리는 그런 생각을 하면서 흰 가운을 입은 보건 선생님의 지시를 따라 침대에 걸터앉았다.

"자, 이거."

보건 선생님이 체온계를 건넨다.

체온을 재면서 보건실 안을 둘러본다. 아무래도 미노리 이외에 다른 학생은 없는 모양이었다.

유야에게 고맙다고 말해야 하는데. 그렇게 생각하며 문쪽으로 고개를 돌렸으나 유야는 이미 떠나고 없었다.

가만히 체온계의 알람이 울리기를 기다린다.

현실감 없는 꿈속에 있는 것 같았다. 보건실이라는 특수한 환경이나 불량한 몸 상태 탓일지도 모르고 유야에게 손목을 붙잡혀서인지도 모르지만 붕 뜬 기분은 미노리를 몽롱하게 만들었다. 삐삐삐, 울리는 소리에 정신이 들어 겨드랑이에서 체온계를 꺼낸다. 37도 6분. 작은 화면에 그렇게 표시되어 있었다. 아, 꽤 높네. 아침보다 더 올랐다. 미노리는 자기 체온이 남 일처럼 느껴졌다.

"어머. 열이 있네. 이럴 땐 무리하면 안 돼."

미노리의 손을 내려다본 보건 선생님이 부드러운 어조로 말했다.

"죄송합니다."

미노리는 고개를 떨구며 작은 목소리로 대답했다.

"아픈 건 미안해할 필요 없어. 졸리면 좀 자렴."

그렇게 말한 보건 선생님의 미소는 몹시 자연스럽고 다정했다. 일단 침대에 눕자 이제껏 자각하지 못했던 나른함이 전신을 덮쳐왔다. 보건실 특유의 소독약 냄새를 맡으며 미노리는 의식을 놓았다.

3
○

눈을 떴을 때 대략 두 시간이 지나 있었다. 결국 미노리는 체육 시간뿐 아니라 다음 수업인 수학 시간도 보건실에서 보내고 말았다.

'애들한테 노트 빌려야겠다.'

아직 멍한 머리로 그런 생각을 했다.

수업을 마치는 종소리가 울린다. 조금만 더 쉬었다가 교실로 돌아가자. 자다 깨서 그런지 몸이 전체적으로 무겁다. 확실히 생각보다 무리했나 보다. 만일 체육 수업에 나갔더라면 쓰러졌을지도 모르겠다. 여러 사람에게 괜한 민폐를 끼칠 뻔했다. 미노리는 반성했다. 그리고 그걸 막아준 유야가 고마웠다.

그런데 어떻게 알고 충고를 해줬을까. 사무적인 대화를 제외하면 유야와 말을 섞은 일 자체가 오랜만이었다. 유야와는 매일 같이 놀던 초등학생 때보다 사이가 소원해져 있었다. 심지어 유야가 자신을 피하는 것처럼 느껴졌다. 우연히 등교 시간이 겹쳐도 짧은 인사 정도만 나눌 뿐 유야는 미노리를 아랑곳하지 않고 먼저 걸어가버린다. 그랬던 애가 강경하게 미노리를 보건실로 끌고 간 것도 의문이었다. 유야에게 붙잡혔던 손목으로 시선을 떨어뜨린다. 유야의 손의 감촉이 느껴져 얼굴이 달아올랐다. 정말로 몸이 아프긴 했어도 분명 겉으로 티 내지 않았다고 생각했다. 명백히 힘들어 보였다면 무리하지 말라거나 쉬라는 말 정도는 했겠지. 중학교에 올라간 뒤로 멀어진 두 사람의 관계와 오늘 보인 유야의 태도가 좀처럼 연결이 되지 않아 의아한 느낌만 든다.

그런 생각을 하고 있는데 당사자가 나타났다. 유야는 미 닫이문을 반쯤 열고서 얼굴을 빼꼼 들이밀었다. 보건실 안 을 둘러보며 미노리와 보건 선생님 이외에 사람이 있는지 를 확인한 후에야 안쪽으로 들어왔다.

"괜찮아?"

"응."

툭 하고 통학용 가방 두 개가 침대 위에 놓인다. 그중 하 나에는 미노리가 좋아하는 마스코트 캐릭터 키홀더가 달려 있었다. 유야는 미노리의 가방도 함께 가져온 모양이었다.

"걸을 수 있겠어?"

보건실로 미노리를 데려왔을 때와는 달리 유야는 정확 히 눈을 맞추며 물어왔다.

"아마도."

"가방은 내가 들게. 그럼 갈까."

"어……? 응. 고마워."

아무래도 유야는 데려다줄 생각인가 보다. 그 사실을 몇 초간 알아차리지 못하고 머뭇거렸다. 옆집에 사는 유야 입 장에서는 어쩌면 당연한 일일지도 모르겠지만 그동안 사 이가 멀어졌던 탓에 어쩐지 부끄러웠다.

"아, 맞다. 교실에서 그대로 가져왔는데 가방에 들어 있는 물건 외에 더 갖고 갈 거 있으면 말해. 내가 가져올게."

"아냐. 괜찮아."

무뚝뚝한 말투로 다정한 말을 건네오는 유야가 왠지 모르게 웃겨서 미노리는 살짝 웃고 말았다.

"왜 웃어."

의아하다는 얼굴로 유야가 말한다.

"아무것도 아냐. 얼른 가자."

"어."

미노리는 조심히 침대에서 내려와 섰다.

"이제 괜찮니?"

책상에서 서류를 보고 있던 보건 선생님이 물었다.

"네. 선생님, 고맙습니다."

미노리가 그녀에게 고개를 숙인다.

"그래. 몸조심하고."

보건 선생님은 웃는 얼굴로 배웅해주었다.

젊음이 좋네. 들려오는 중얼거림을 뒤로한 채 미노리는 가방 두 개를 든 유야와 함께 보건실을 나왔다.

신발장에서 신발을 꺼내 갈아신고 1층 현관을 나선다. 차가워진 바깥바람에 겨울이 성큼 다가왔음을 느꼈다.

"뭔가 오랜만이네. 이렇게 둘이서 걷는 거."

몸이 아직 완전히 회복되지는 않았어도 꽤 편안했다.

"그러네."

교문을 지나 평소와 다름없는 통학로를 유야와 둘이서 걸어간다. 하교 시간이 조금 지났는데도 지나다니는 학생이 하나둘씩 눈에 들어온다. 쑥스러움과 반가움과 안도감이 3 대 3 대 4 정도의 비율로 나타난다. 가만히 걷고만 있기가 어색해 미노리는 말을 꺼냈다.

"넌 지망학교 정했어?"

두 사람은 중학교 3학년이라 고교 입시를 몇 개월 앞두고 있다.

"음, 후보는 몇 군데 있는데 아직 고민 중이야. 일단 1지망은 하루미야로 정했어……. 야나기바는?"

물을지 말지를 망설이는 듯 잠시 머뭇거리다가 유야가 물었다.

"나도 하루미야로 할까 생각 중이야."

공립 하루미야고등학교. 자유로운 교풍에 행사가 많다. 또한 미노리와 유야가 다니는 중학교에서 제일 가까운 고등학교였다. 커트라인은 나름 높지만 이대로 순조롭게 흘러간다면 미노리는 문제없이 붙을 것이다.

"그렇구나. 그럼 나도 하루미야를 목표로 열심히 해야겠네. 성적은 아직 부족하지만."

방금 한 말, 뭐에 대한 '그럼'일까. 미노리는 의문이 들었지만 그대로 대화를 이어갔다.

"유야라면 분명 붙을 거야."

미노리는 유야가 의외로 노력파임을 알고 있었다. 안 보이는 곳에서 노력하는 유야의 모습을 어릴 때부터 줄곧 봐왔다. 유치원 재롱잔치 때는 연극 연습을 하던 소리가 옆집인 미노리네 집까지 들려왔다. 초등학교 하굣길에는 구구단 프린트를 보면서 필사적으로 외웠다.

"그런 말 마. 이번에 친 영어 시험, 내 최저 점수 갱신했어."

"그래도 수학이나 과학은 늘 점수 좋았잖아."

정기 고사 때마다 복도에 붙이는 순위표에는 종합 순위 및 각 과목 상위 30등의 이름이 게재된다. 거기서 가끔 유야의 이름을 본다.

"잘도 찾아봤네."

"그야, 뭐."

네 이름이라서 기억하는 거라고 말한다면 어떤 반응을 보일지 궁금했지만 말하지는 않았다. 그 이후로는 다양한 화제가 나왔다. 엄한 선생님에 대한 불만이나 서로가 아는 친구 이야기를 나누며 두 사람은 천천히 걸었다. 매일 다니던 익숙한 하굣길이 어째서인지 오늘은 신선하게 느껴졌다. 컨디션 탓일까. 아니면 유야가 옆에 있어서일까.

"자, 이거."

집 앞에 도착하자 유야가 미노리의 가방을 건네준다.

"고마워."

미노리는 가방을 받아들고 인사했다.

"응. 몸 얼른 나아라."

유야가 집으로 들어가는 모습을 지켜본 뒤 미노리도 현관 안으로 들어섰다.

그날 이후 유야와의 거리가 가까워진 것 같았다. 예전처럼 빈번하게 대화하는 건 아니지만 쉬는 시간에 복도에서 만나 짧게 이야기를 나누거나 우연히 동시에 집을 나서는 날에는 그대로 나란히 등교하기도 했다.

"미노리, 요즘 구로타키와 친해 보이네. 둘이 사귀는 거야?" 하고 반 친구가 물어오기도 했지만 "아니, 그런 거 아냐"라며 상투적으로 대답해두었다. 속으로는 꽤 안절부절 못했는데 설마 티 나지는 않았겠지. 실제로 그런 사이가 아니었고, 질문을 받은 건 그때 한 번뿐이었으며 딱히 놀림을 받지도 않았다. 모두 수험 공부로 정신이 없어서 남의 연애에 관심을 둘 여유 같은 건 없었는지도 모른다. 아니, 일단 사귀는 게 아니다. 미노리에게 유야는 그저 단순히 친한 또래 이웃사촌이다. 그 이상도 그 이하도 아니다. 소원해진 건 둘 다 이성과 가까이 지내는 걸 부끄럽게 여겨서이고 최근에 다시 대화를 나누게 된 건 그런 시기가 끝났기 때문이다. 단지 그뿐이다.

단지 그뿐. 미노리는 자신을 타이르듯 속으로 되뇌었다.

4
○

별다른 일 없이 2학기가 막을 내리고 중학교 마지막 겨울방학이 시작되었다. 겨울방학이라고 해도 입시를 앞둔 3학년에게 방학은 방학이 아니다. 미노리는 학원에 다니지 않고 집에서 입시 공부를 해왔다. 원래 공부를 싫어하지는 않지만 첫 수험인 만큼 미노리는 불안했다.

유야에게 메시지가 온 건 앞으로 몇 시간 뒤면 끝이 날 12월의 마지막 날이었다. 마침 수학 문제집을 쉬었다 가기 좋은 범위까지 풀어놨기에, 마음이 조금 가벼워진 미노리는 기지개를 크게 켠 뒤 침대에 드러누워 스마트폰을 켰다. 그러자 화면에는 '내일 시간 돼?'라는 메시지가 떠 있었다.

"시간이라. 시간이야 있지만……."

미노리가 중얼거렸다.

수험까지 두 달도 안 남았다. 시간 된다고 바로 답할 만큼의 여유는 없지만 그렇다고 공부 외에 이렇다 할 일정도 없다.

'왜?'

잠시 생각한 후 미노리가 답장을 보내자 유야에게서 곧바로 메시지가 왔다.

'새해맞이 신사에 안 갈래?'

역시. 합격 기원이구나. 딱히 신을 믿는 건 아니지만 기분상 기도를 하는 게 공부도 더 잘될 것 같아서 미노리는 망설임 없이 '갈래'라고 보냈다. 연말에도 공부만 했으니까 한나절 정도는 괜찮겠지. 적당한 휴식도 이 시기에는 중요하다. 출발 시간을 정한 뒤 서로 '잘 자'라는 메시지를 주고받고서 대화를 끝냈다. 입꼬리가 올라간다. 공부 말고는 할 게 없었던 뻔한 새해 첫날이 갑자기 기대되기 시작했다. 그날 밤은 좀처럼 잠들지 못했다.

다음 날 미노리는 옷장에서 옷들을 죄다 꺼내어 거울에 대봤다. 이것저것 대봤지만 하나같이 어린아이 복장 같은 옷뿐이라 마음에 차는 게 없었다.

중학교에 올라가고서부터는 기본적으로 교복과 운동복, 홈웨어밖에 안 입었다. 게다가 남들만큼 옷에 관심이 있어도 쇼핑하러 가면 결정을 못 내려 결국 아무것도 사지 않고 돌아오는 날이 더 많았다. 미노리에게는 예전부터 이런 우유부단한 구석이 있었다. 단순히 유야와 새해맞이로 신사에 가는 거니 옷은 적당히 입으면 된다고 타일러도 체념이 안 되는 게 소녀 마음이다.

기모노를 입고 갈까도 생각했지만 지금 자신에게 맞는 사이즈의 기모노가 없다. 결국엔 엄마에게 빌려야 하는데, 그러면 '어머머 누굴 만나는데? 혹시 남자친구야? 같은 반? 연예인 누구 닮았어? 에이, 다음에 집에 데리고 와!' 이런 집요한 추궁을 해올 게 뻔해서 기각했다. 결국 상의는 흰 트레이닝복에 하의는 남색 롱스커트. 그 위에 녹색 야상 점퍼를 걸쳤다.

"됐다."

겨우 제일 괜찮은 조합을 발견했을 땐 약속 시간 2분 전이었다. 그러나 약속 장소는 집 앞이므로 별문제는 없다.

립스틱도 연하게 바르고 최소한의 소지품을 챙겨 방을 나선다.

"우와! 누나 어디 가? 혹시 데이트야?"

집을 나서려는데 초등학교 3학년이 된 남동생 쓰바사가 등 뒤에서 요란스레 묻는다. 쓰바사는 미노리와 달리 성격이 활달해 집에 친구도 자주 데려온다. 데이트의 정의가 남자와 둘이서 외출하는 것이라면 이 외출은 데이트라 부를 수 있을지도 모른다.

"아니."

물론 말 안 하지.

"엥? 누구랑?"

아니라니깐. 사람 얘기 좀 들어라.

"다녀오겠습니다."

미노리가 현관을 나서는데 때마침 같은 타이밍에 옆집에서 유야가 나왔다.

"하이."

유야는 미노리를 발견하고 다가온다. 따뜻해 보이는 검은 더플코트 주머니에 두 손을 찔러넣고 니트 모자와 머플러로 완전무장한 유야.

"새해 복 많이 받아."

"너도 새해 복 많이 받아. 공부는 잘돼가?"

자연스레 함께 걸으며 유야가 물었다.

"글쎄, 그럭저럭. 넌?"

"나도 뭐 그럭저럭. 영어가 안 되는 것만 빼면. 아이 캔트 언더스탠드 잉글리시 베리베리 머치."

유야가 어려워하는 과목은 영어다. 다양한 동사 변화가 언짢은 모양인데, 과거분사를 특히 싫어하는 것 같다. 우리말도 동사 활용은 하잖아, 라고 딴지를 거는 미련한 짓은 하지 않는다. 미노리도 불규칙동사를 외우느라 고전했다.

"나갈 때가 아닌 것 같은데. 이렇게 외출해도 되겠어?"

"예스예스. 아임 올라이트."

그런 바보스러운 대화를 하면서 두 사람은 신사까지 걸어간다. 날도 맑고 바람도 없다. 1월치고 따뜻했다. 신년 축하에 걸맞은 상쾌한 날이었다.

신사는 인파로 붐볐다. 가족과 함께 오거나 친구와 온 사람, 연인 사이. 다들 얼굴에 웃음꽃이 피어 있었다. 미노리도 상쾌한 기분으로 떠들썩한 경내를 걸었다.

"새해를 맞이한다는 거, 단순히 시간의 흐름이 그 순간을 지나갈 뿐인데 너무 야단법석이야. 대체 왜 다들 축하하지 못해서 안달인 분위기지?"

옆에서 걸어가는 유야가 말했다. 자신이 가자고 해놓고 새해맞이 신사 참배를 부정하는 듯한 의견. 그래도 단지 의문이 든 것을 표현했을 뿐 딱히 악의가 있어 보이지는 않는다.

"그건 그렇지만, 1년이라는 주기적으로 반복되는 시간을 발견하고서 방대한 시간의 흐름을 단락 지은 거잖아. 자연적인 현상에서 의미를 찾아낸다는 거, 굉장하지 않아? 그런 생물은 이 세상에서 인간이 유일할 거야."

미노리도 자기 생각을 솔직하게 말한다.

"뭐, 그렇게 말한다면야."

수긍하는 것도 아니고 그렇다고 기분 나빠 보이는 것도 아닌 얼굴로 비스듬히 위를 쳐다보며 유야가 대답했다.

"유야는 신의 존재를 믿어?"

무심코 나온 질문이었다. 하지만 신사는 보통 신을 모시는 곳이므로 관련이 아예 없는 주제는 아니다.

"신은 있지."

미노리의 예상과는 정반대의 대답이 곧장 돌아와 그녀는 놀랐다.

"정말? 의외네."

미노리가 보기에 유야는 현실을 살아가는 리얼리스트였다. 유령이나 오컬트 같은 것을 포함한, 과학적인 근거가 없는 존재에 대해서는 전혀 믿지 않을 거라고 생각했다.

"왜, 이상해? 그냥, 신은 있는 것 같은 기분이 들어."

"우와. 뭔가 진지하게 말하는 모습이 재밌다."

"뭐야. 물어봐놓고. 그래서 야나기바는?"

"나는 안 믿어. 본 적도 없고."

"눈에만 안 보이는 걸 수도 있잖아."

"그렇게 말하면 끝이 없겠는데."

"그건 그래. 애초에 명확한 답이 없는 문제에 고작 우리 같은 중학교 3학년이 답을 낼 수 있을 리가 없지."

"맞아."

심각한 이야기가 아니어서 유야와의 대화는 아주 편했다.

몸이 아픈 미노리를 유야가 보건실로 데려갔을 때만 해도 아직 어딘가 어색했던 두 사람의 거리감이 석 달 정도의 시간에 걸쳐 서서히 예전으로 돌아가고 있었다. 물론 완전히 자연스러운 건 아니지만.

5

"우리도 운세 뽑아볼까."

신사를 한 바퀴 돌며 새해 분위기를 충분히 맛봤을 즈음 유야가 말했다.

"흉 나오면 어쩌려고. 찜찜하잖아."

그렇게 말하면서도 미노리는 유야의 재촉에 신사의 무녀 앞으로 줄을 선다.

"괜찮다니까. 만약 안 좋은 게 나오면 저 새끼줄에 매달아두면 되지. 그리고 나는 지금 대길만 뽑을 자신이 있거든."

"뭐야, 그 근거 없는 자신감은."

이윽고 두 사람의 차례가 되어 한 번씩 제비를 뽑았다. 결과가 궁금한 듯 빠른 손놀림으로 제비를 펼치는 유야를 곁눈질하면서 미노리는 조심조심 종이를 펼친다. 서로의 종이를 비교하며 바라보기를 몇 초.

"말도 안 돼. 내가 졌어."

미노리는 대길, 유야는 보통이었다.

"아니아니, 운세 뽑기는 승부가 아니잖아. 음, 그래도 다행이네. 둘 다 흉이 안 나와서."

"그건 그렇지. 오, 학업은 '안심하고 매진하라'라는데."

"나는 '자신을 믿고 노력하라'래. 이러면 좋은 건지 나쁜 건지 명확하지 않잖아."

"일단 노력하라는 말이겠지."

"그래. 우선 노력해야지."

다른 항목도 비슷하게 무난한 말이 나열되어 있었다. 점괘 풀이를 한차례 다 읽은 후 미노리는 그 자리에서 몇 걸음 이동했다. 지면에 수직으로 세워진 나무 두 그루. 그 사이에 쳐놓은 새끼줄에 무수한 제비가 무질서하게 묶여 있다. 꼭 흰 꽃이 만발한 것 같다. 미노리는 뽑은 제비를 접어 가슴 높이의 새끼줄에 매달려고 했다.

"야나기바, 대길인데 왜 매달아? 나도 원래 어떻게 하는지 잘은 모르지만, 안 좋은 게 나오면 매다는 거 아냐?"

뒤따라 걸어온 유야가 묻는다.

"그게 아니라, 내 대길이 여기에 매단 사람들에게 나누어지면 좋겠다 싶어서."

"와아! 진짜 착하구나."

"그게 뭐, 나빠?"

"아니. 그런 점이 야나기바의 장점이라고 생각해."

농담으로 받아칠 줄 알았는데 진심이 가득 담긴 말이 돌아와 미노리는 마음이 간질거렸다.

"응…… 고마워."

매다는 것에 집중하는 척하면서 무미건조하게 대답한
다. 유야는 지금 어떤 표정을 짓고 있을까. 그런 생각을 했
지만 부끄러워서 못 쳐다보겠다.

"그럼 나도 매달래."

옆으로 다가온 유야가 뽑은 제비를 기다란 모양으로 접
기 시작하는 모습을 미노리는 시야 끝에서 포착했다.

"보통인데 무리하지 말지?"

"미래는 자기 힘으로 개척하는 거라고."

"그건 맞아."

"지금 웃어야 할 타이밍인데."

유야는 새끼줄 가장 위, 자신의 키보다도 높은 지점에
손을 뻗었다.

"왜 그렇게 높이 매달아?"

"위에 매다는 게 아무래도 좋지."

"그래?"

"그래."

유야는 까치발로 매다느라 고전했다.

할 일이 없어진 두 사람은 갈 곳도 없이 어슬렁거린다.

"저거 할래?"

유야가 멈춰 서며 묻는다. 그의 시선 끝에 있던 것은 소원을 적는 나무판이었다.

"좋아."

두 사람은 500엔씩 내고 나무판을 샀다. 미노리는 유성펜으로 '고등학교 합격하게 해주세요'라는 문장과 이름을 써넣었다. 다 쓴 다음 다시 보니 상당히 밋밋하다는 인상을 받았다. 분명 같은 내용의 나무판이 이 신사만 해도 열 개는 매달려 있을 것이다. 미노리는 자신이 아주 평범한 소원을 적은 것 같아 빈 공간에 좋아하는 마스코트 그림을 그려두었다.

"됐다."

"오. 잘 그렸네, 이 곰."

먼저 소원을 다 적은 유야가 미노리의 나무판을 엿보며 말했다.

"토끼거든."

"......"

"너는 다 썼어?"

"일단은."

유야는 다 쓴 것으로 보이는 나무판을 안 보이게끔 돌려서 품에 안고 있다.

"보여줘."

"싫어."

"왜?"

"소원 적은 나무판을 새끼줄에 걸기 전에 남에게 보여주면 소원이 안 이루어진대."

"뭐? 넌 내 거 봤잖아! 이제 어쩔 거야?"

"뻥이야, 바보."

"야! 바보라고 말하는 사람이 바보거든!"

유야와 이런 싱거운 대화를 나누는 사이 예전의 허물없는 관계로 돌아간 것 같아 즐거웠다. 하지만 유야는 끝까지 무슨 소원을 적었는지 알려주지 않았다.

"이름도 안 적혀 있으니 찾아봤자 소용없어."

그렇게 말하며 미노리에게서 멀리 떨어진 곳에 나무판을 매달았다.

어째서 저렇게 완고하게 숨기는 거야. 혹시 좋아하는 사람 이름이라도 써놨나. 그런 생각을 하자 왠지 모르게 마음이 쿡 소리를 내며 삐걱거렸다.

복전함 앞에는 당연하게도 사람들이 줄지어 서 있었다. 두 사람은 제일 후미에 선다. 조금씩 전진. 미노리와 유야는 대화를 하다가 멈췄다. 둘 다 할 말을 대충 다 해 화제가 바닥난 모양이었다. 하지만 침묵도 특별히 괴롭게 느껴지진 않았다. 10분 정도 걸려 복전함 앞에 이르렀다. 참배 방법을 잘 몰라 앞사람이 하는 대로 따라 했다.

먼저 인사. 방울을 울린 뒤 5엔을 복전함에 던진 다음 인사 두 번, 박수 두 번.

가족 모두 건강하게 해주세요. 좋은 일이 많이 생기게 해주세요. 하루미야고등학교에 합격하게 해주세요. 그리고, 유야도 합격하게 해주세요.

마음속으로 기도하고서 눈을 뜬다. 어쩌면 욕심이 과한 것도 같다. 마지막으로 다시 인사. 5엔으로는 부족하겠지만 중요한 건 마음이겠지. 유야도 참배를 끝내고 두 사람은 복전함에서 멀어진다. 그곳을 떠나면서 미노리는 문득 뒤를 돌아봤다. 시야 끝에 움직이는 물체가 보였던 것 같아서다. 검은 물체가 재빠르게 건물 뒤로 사라져서 금방 놓치고 말았다. 분명 길고양이 같았는데.

"만약 떨어지면 어쩌지."

신사에서 집으로 돌아가는 길에 유야가 중얼거렸다. 오후 4시가 조금 지난 시각이라 해가 제법 기울었다.

"신기하네. 유야가 그렇게 불안해하는 모습."

"아니, 그렇잖아. 내 실력과 하루미야의 커트라인을 비교해보면 욕심이 지나친 건 맞으니까. 그래도 확실한 낙제점은 아니라서 미리 포기하는 것도 아닌 것 같고. 그리고 기왕이면 같은 학교에 들어가고 싶어."

누구하고? 일반적으로 생각하면 지금 이 길을 나란히 걷고 있는 자신이 분명할 텐데, 미노리는 확신이 안 들었다. 누구랑? 그렇게 되묻고 싶었지만 다른 이름이 나오면 창피할 것 같았다. 그래서 물어볼 수가 없었다. 그래도 역시 신경 쓰인다. 그래서 대신 미노리는 농담처럼 말을 꺼냈다.

"나도 가능하면 유야와 같은 학교가 좋은데."

"'가능하면'이야?"

조금 전 미노리의 추측이 맞았는지, 대화가 어긋나지 않았다. 기뻤다. 기쁨과 함께 다른 감정도 차올라 얼굴이 달아올랐다. 유야가 눈치챘으려나.

"그래도 운세도 잘 나왔고 소원도 적고 빌었으니까. 이렇게까지 했는데 떨어지면 분명 '신은 대체 뭐 하는 분이야.' 하겠지?"

당황한 탓에 이상한 소리를 해버렸다.

"신은 신이지."

"그런가."

"그럼."

유야가 웃어주니 다행이다. 미노리도 웃는다.

어둑해지는 길을 둘이서 나란히 걷자 20분도 안 돼 집 앞에 도착했다.

"오늘 새해 참배 데리고 가줘서 고마워. 덕분에 기분 전환 잘했어. 수험 공부 열심히 하자."

유야에게 인사와 함께 응원의 말을 전한다.

"응. 죽지 않을 만큼 열심히 할게. 아, 맞다. 이거."

유야가 생각난 듯 주머니에서 뭔가를 꺼내어 건넸다. 미노리는 그것을 받았다. 손바닥보다 조금 큰 흰 봉투. 신사에서 샀나 보다. 접힌 부분을 펼쳐 봉투 속을 들여다본다. 부적이었다. 꺼내어 눈앞에 들어 올린다. 붉은 오각형에 정갈한 글씨로 '합격 기원'이라 쓰여 있었다.

"나 주는 거야?"

"응. 나도 같은 거 샀어."

그러고 보니 오늘 유야는 도중에 뭔가를 샀다.

"고, 고마워."

미안한 마음도 들었지만 그 이상으로 기뻤고, 모처럼 주는 걸 사양하는 게 더 미안하다는 생각이 들어 고맙게 받기로 했다.

"응. 그럼 또 보자."

유야는 그렇게 말하고는 발길을 되돌려 자기 집 쪽으로 걸어갔다.

'좋은 사람이 나타난다.'

운세의 연애운에 적혀 있던 문장이 어쩐지 머릿속에 선명히 떠올랐다.

남은 겨울방학도 순식간에 지나가고 곧바로 3학기가 시작되었다. 수업은 자습이 많아졌고 소란스러웠던 쉬는 시간 교실은 샤프를 굴리는 소리로 가득 찼으며 방과 후 도서실에는 사람이 늘었다. 그런 작은 변화가 수험이 코앞임을 실감케 했다. 미노리의 일상에는 특별한 변화가 없었고 수험을 향해 공부에 힘쓰는 나날이 이어졌다. 그리고 유야에게 받은 부적은 항상 필통 안에 들어가 있었다.

제 3 장

내 인생에
가장 예쁜 하늘이었어

1
○

유야와 미노리는 나란히 하루미야고등학교에 합격했
다. 미노리는 시험 당일엔 그럭저럭 잘 본 느낌을 받았으나
막상 합격 발표일이 다가오자 어쩔 수 없이 긴장감을 느꼈
다. 혹시 떨어지면 어떡하지. 자꾸만 생각이 나쁜 쪽으로
기울었다. 그러나 발표 장소인 하루미야고등학교에서 딱
마주친 유야가 웬일로 안절부절못하고 있어서 미노리는
오히려 차분해졌다. 잠시 후 자기 번호를 발견했는지 힘이
탁 풀린 듯 안도하는 유야의 모습에 웃음이 나왔다.

학교가 결정되고 일주일 후 중학교 졸업식이 거행되었

다. 돌아보면 나름 충실한 3년이었던 것 같다. 즐거운 일도 있었고 슬픈 일도 있었다. 입학할 때만 해도 헐렁했던 교복이 지금은 갑갑할 정도로 꽉 낀다. 이 옷을 입는 것도 이제 마지막이라고 생각하니 뭔지 모를 쓸쓸함이 몰려온다. 졸업 증서가 담긴 통과 꽃다발을 든 졸업생들은 아직 중학생이고 싶다는 듯이 좀처럼 집에 가려 하지 않고 학교 출입구 앞에 모여 있었다. 교문 주변은 울고 있는 여학생이나 큰 소리로 떠들어대는 남학생으로 넘쳐났다. 여기저기 선배들을 배웅하는 재학생의 모습도 보인다.

미노리도 대다수의 학생이 그러하듯 친한 친구들과 헤어짐을 아쉬워했다. 고등학생이 되어서도 종종 같이 놀자. 그런 이루어질지 어떨지도 모르는 약속을 진지한 얼굴로 나눈다. 그런데 유달리 크고 높은 목소리가 들려왔다. 열 명 남짓의 학생들이 이상하리만치 떠들썩했다. 아무래도 2학년 여학생이 졸업하는 남학생에게 교복의 두 번째 단추를 받은 모양이다.

유야는 누구에게 줄까. 미노리는 순간 그런 생각을 했으나 자신과는 관계없는 일이라 생각하며 떠오른 의문을 곧바로 떨쳐버리고 다시 친구와의 대화에 몰입했다. 중학생 신분으로 나누는 친구들과의 마지막 수다를 만끽하며 놀다

보니 30분이 더 지나서야 겨우 집으로 돌아갈 수 있었다.

"다녀왔어요."

"왔니? 졸업 축하해."

엄마가 소파에 앉아 미노리를 맞이했다.

"고마워요."

그 말만 하고 미노리는 자신의 방으로 들어간다. 곧 반 창회가 있어 다시 외출해야 한다. 3년을 함께 보낸 교복에 이별을 고하고 사복으로 갈아입는다.

집을 나서는데 유야와 우연히 마주쳤다. 막 집에 도착했 나 보다.

"졸업 축하해, 유야."

"응. 야나기바도 축하해. 어디 가?"

흘낏 본 유야의 교복에 두 번째 단추가 그대로 달려 있 어 미노리는 안도감을 느꼈다.

"반창회."

"흠."

그렇다고 자신이 받을 것도 아닌데.

"너희 반은 안 모여?"

"모여. 시간 다 됐네. 그럼 간다."

그래도 조금, 아주 조금 갖고 싶은 마음은 있다. 어쩐지 청춘다워서 좋잖아. 그렇게 생각했을 뿐, 연애 감정 때문이라거나 하는 그런 이유는 아니다, 그렇게 되뇌었다.

"응. 안녕."

하지만 만일 누군가에게 단추를 받는다면 유야 말고는 생각할 수 없다. 스스로도 정체를 알 수 없는 갑갑함이 밀려든다. 미노리는 그 이상 생각하기를 관뒀다. 미노리는 반창회가 열리는 역 앞 패밀리레스토랑으로 걸어갔다. 햇볕이 따뜻하다. 스웨터 입지 말걸……

봄이 바로 코앞까지 와 있었다.

2
。

봄방학은 눈 깜짝할 사이에 지나가고 미노리의 고교생활이 시작되었다. 새로운 교복을 입으니 기분이 날아갈 것 같았다. 마치 등에 날개가 생긴 느낌이다. 그렇지만 미노리도 고교생활에 막연한 기대와 불안을 안고 있었다. 드라마나 만화 속에서 그려지는 고교생의 청춘은 모두 반짝거려 동경을 품게 한다. 현실은 그런 가짜 세계와는 다르다는 것도 이미 잘 알고 있지만. 그와 동시에 불안도 있었다. 고등학교라는 미지의 세계에 대해 아는 게 하나도 없었으니까. 교복은 어떻게 입어야 하지? 화장은? 가방은? 또래가 보는 여성잡지로 공부해둬야 하나. 유행하는 SNS 계정도 만들어둬야 할까. 사교성이 좋다고 할 수 없는 자신이 새로운 환경에 잘 적응해나갈 수 있을까. 그런 식으로 걱정하기 시작하니 끝이 없었다.

유야와 같은 학교에 들어가게 돼 다행이라고 생각했다. 고등학교라는 새로운 장소에 발을 내디디는 지금, 조금이라도 편하게 대할 수 있는 사람이 곁에 있으니 마음이 든든하다.

미노리가 의외의 인물을 발견한 건 입학식 때였다. 중학교 건물보다 깨끗하고 큰 체육관이었다. 신입생과 그 보호자들, 교직원이 질서 있게 모여 있었다. 교장과 학회장 말씀이 장황하게 늘어지는 가운데 학생들은 하나같이 졸린 표정을 짓고 있었다. 직원 소개가 끝나고 다음 차례로 신입생 선서를 낭독해야 했다.

"신입생 대표. 히라가 다이치."

이름이 불린 사람은 미노리, 유야와 같은 중학교를 나온 남학생이었다.

"네."

또렷하고 시원한 대답과 함께 일어선 남자애가 곧은 자세로 단상에 오른다. 살짝 긴 스포츠형 머리가 잘 어울리는 뒤통수를 회중에게 보인 채, 초조함이나 긴장이 일절 느껴지지 않는 명확한 발음으로 '선서'라고 일컫는 판에 박힌 목표와 포부를 읊는다. 미노리는 그와 같은 반이 된 건 알고 있었으나 이제까지 그의 존재를 미처 눈치채지 못했다.

"오늘 학생 대표라던 애, 우리 학교 나온 히라가지?"

교실로 돌아가는 도중에 복도를 걸으며 유야에게 물었다.

"응, 다이치야."

유야 입에서 나온 '다이치'라는 소리에는 친밀함이 배어 있었다.

"히라가도 육상부였나?"

다이치는 유야와 친했다. 인기 많고 친구가 많은 유야에 비해 다이치는 수수하고 어른스러운 편이다. 성격은 다른 두 사람이지만 자주 이야기를 나누던 모습을 기억한다.

"맞아. 나는 단거리고 다이치는 장거리라서 연습은 따로 따로였지만 친해."

"아, 알 것 같아."

"알다니, 뭘?"

"유야가 단거리고 히라가가 장거리인 거."

"어떻게?"

"유야는 앞뒤 생각 안 하고 전력으로 질주할 것 같은데 히라가는 계획적으로 확실하게 임무를 수행할 것 같은 느낌이 들어."

"앞뒤 생각을 안 한다니, 사람을 단세포 취급하네. 뭐, 틀린 말은 아니지만."

유야가 입을 삐죽대더니 눈에 띄게 풀이 죽는다.

"뭐 어때. 전력 질주. 오히려 나는 그게 좋아."

좋아, 라는 말을 내뱉었다는 사실을 자각하자마자 목 위로 체온이 조금씩 올라가는 것 같았다.

"그건 고맙네."

다행히도 유야는 부루퉁해 있어 눈치 못 챈 듯하다.

그래. 유야를 좋아한다고 말한 게 아니잖아.

미노리는 속으로 변명하며 유야 옆을 걸었다. 그런데 문득 의문이 들었다.

히라가는 왜 이 학교지?

지리적인 이점도 있어 미노리의 중학교에서 하루미야 고등학교로 진학하는 학생은 많다. 올해도 열 명이 넘으니 보통은 의아할 일이 아니지만, 히라가 다이치는 정기 고사 때마다 학년 전체 순위에서 한 자릿수에 드는 학생이었다.

"근데 히라가 정도면 더 공부 잘하는 학교에 갈 수 있지 않아?"

학생 대표로 나와 인사를 했다는 건 하루미야고등학교 신입생 중에서 입시 점수가 제일 높았다는 말 아닌가. 그 말은 곧 그가 공부를 잘한다는 뜻인데.

"뭐, 그렇지. 하지만 그 녀석은 차 타고 통학하기 귀찮다던데."

"어? 그렇구나. 나랑 같은 이유네."

"흠."

"그 '흠'은 무슨 의미인데?"

"그냥. 아무것도 아냐."

3
○

다른 반이 된 유야와 헤어지고 미노리는 자신이 배정받은 교실로 들어섰다. 빈틈없이 늘어선 책상과 의자. 중학교 때보다도 넓은 칠판. 학년이 올라갈 때 하는 반 배정과는 긴장감이 비교가 안 된다. 다른 중학교에서 온 처음 보는 낯선 사람이 대부분인 공간. 완전히 미지의 영역이었다. 교실 문 근처에 붙여진 종이에는 출석 번호순으로 좌석표가 인쇄되어 있었는데, 반 애들 대부분이 지정된 자리에 앉아 있었다. 미노리도 긴장한 상태로 자신의 이름을 찾아 자리에 앉는다. 심장 박동은 평소보다도 빠르고 얼굴마저 굳어 있는 게 느껴진다.

잠시 후 서른 살쯤 되어 보이는 마른 체형의 안경을 쓴 남자가 들어왔다. 미노리 반의 담임인 모양이다.

그는 자기소개를 시작했다. 담당 교과목은 화학. 쩌렁쩌렁한 목소리로 시원시원하게 자신을 소개한 다음 프린트를 배부하고 앞으로의 일정을 이어서 전달했다.

벌써 옆자리 짝꿍에게 말을 걸기도 하고 가만히 칠판을 쳐다보고 있거나 눈만 깜박이면서 두리번거리는 등, 학생들의 행동은 제각각이었다. 새로운 환경에 들뜬 분위기가 교실 전체에서 느껴진다. 미노리도 안정을 되찾자 주위를 둘러볼 여유가 생겼다. 그리고 곧 그녀는 깜짝 놀랐다. 옆자리에 앉아 있는 사람은 미노리가 알고 있는 남자였다. 그는 무표정한 얼굴로 넘겨받은 프린트를 보고 있었다.

"히라가, 맞지? 나는 같은 중학교 나온 야나기바라고 하는데…… 혹시 나, 알아?"

미노리는 그렇게까지 적극적으로 남에게 말을 거는 성격은 아니지만 그렇다고 소통 능력이 떨어지는 것도 아니었다. 불안한 상황이라면 비록 혼자만 아는 사람이라고 해도 먼저 말을 거는 정도는 한다.

잠시 생각하는 기색을 보이더니 그의 고운 입술이 열렸다.

"아, 유야 소꿉친구."

일단 미노리를 알고는 있는 것 같다.

"맞아. 우리 같은 반인 거 같은데 1년간 잘 부탁해."

미노리는 한껏 미소 지으며 말했다. 새로운 환경에서의 생활이 막을 연 지금, 반에서 고립되고 싶지 않다는 이유도 있지만 유야의 친구이자 같은 중학교 출신인 그와 우호적인 관계를 만들고 싶었다.

"나도 잘 부탁해."

그러나 다이치는 무표정으로 대답하고서는 정면으로 고개를 돌려버린다. 마치 더 이상 대화를 이어갈 생각이 없다는 듯이. 하지만 그 이후에도 미노리는 몇 번인가 다시 다이치에게 말을 걸었다.

"학생 대표라니 멋지다. 입학 성적이 1등이었던 거지?"

"운이 좋았어."

"참, 입학 설명회 때 내준 봄방학 숙제 다 했어? 겨우 입시 끝났는데 숙제를 내주는 건 너무하지 않아?"

"뭐, 어느 정도는."

"동아리는 정했어? 역시 여기서도 육상부?"

"아니. 아마 안 할 거야."

"왜?"

"가고 싶은 대학도 있고. 공부에 집중하려고."

미노리의 질문에 다이치는 그저 담담히 대답만 할 뿐이다. 일방통행 같은 대화였지만 응해주고 있었다. 노골적으로 불쾌해하는 기색도 없다. 싫어하는 건 아닌 것 같다. 하지만 어딘가 어색하다. 서먹서먹하달지, 알면서 모르는 체한달까. 긴장했나 싶기도 했지만 학생 대표로 나가 인사할 때의 모습을 본 바로는 그건 아닌 듯하다.

"자, 그럼 오늘은 여기까지. 나는 보통 화학 준비실에 있으니까 무슨 일 있으면 어려워 말고 물으러 오면 돼. 그리고 내일은 자기소개 후 학급위원회를 정할 거야. 각자 생각해오도록. 그럼 해산."

담임의 말에 학생들은 우르르 일어나 교실을 나갔다. 미노리도 집에 가려고 교실을 문을 여는데, 복도에 유야가 서 있었다. 그는 미노리를 보고 가볍게 오른손을 들어 올린다. 무슨 일이지.

"아, 혹시 히라가 찾아?"

새로운 환경이 불안해서 속속들이 잘 아는 친구와 이야기를 나누고 싶은 거라고 미노리는 추측했다.

"그런 거면 아직 안에……"

"아니, 야나기바 기다렸어."

"응?"

예상 밖의 대답에 솔직히 깜짝 놀랐다.

"반응이 왜 그래. 기다리면 안 돼?"

유야는 머리를 긁적이며 말했다. 중학교 때보다 길어진 머리칼 탓에 조금 어른스럽게 보인다.

"아니, 그런 게 아니라……."

"반에 아는 애도 없고, 혼자 집에 가도 되지만 모처럼이니까."

뭐가 모처럼인지는 모르겠지만 미노리가 거절할 이유는 없었다. 그래서 함께 가기로 했다.

"맞다, 히라가, 내 짝꿍이야."

미노리도 유야도 자전거로 학교에 다니고 있다. 둘이서 나란히 차가 거의 지나다니지 않는 한산한 도로를 천천히 달린다.

"아, 다이치."

"응. 말을 걸어봤는데 전혀 대화가 안 이어지더라. 뭔가 슬라임을 칼로 자르는 느낌이었어."

"슬라임이라니."

유야가 웃는다.

"다이치는 기본적으로 그런 애야. 무뚝뚝하다고 해야 할지, 감정을 겉으로 표현하지 않는다고 해야 하나, 애초에 감정의 파동이 적어. 가끔 나도 그 녀석이 무슨 생각을 하는지 모를 때가 있어. 뭐, 그래도 착하고 좋은 애야."

유야가 다이치를 그렇게 평가해서 미노리는 안심했다. 아무래도 그게 그의 평소 모습인 듯했다.

"와. 뭔가 독특하네."

"그렇지."

"그나저나 유야네 반은 어때?"

"아직은 잘 모르지. 아, 담임은 잘 걸린 거 같아. 방임주의 느낌이야."

"좋겠네. 우린 젊은 선생님이라서 이것저것 참견 많이 할 것 같아."

"뭐, 그것도 괜찮지 않아?"

"음, 그런가."

페달을 밟으며 미노리는 앞으로의 학교생활을 상상했다. 만화나 드라마처럼 눈부시게 반짝이는 청춘은 아니어도 된다. 바라는 건 그럭저럭 즐겁고 평화로운 스쿨라이프. 속마음을 꺼내 보일 수 있는 친구가 있고 고민거리를 의논할 수 있는 선생님이 있으며 뭐든 털어놓을 수 있는 소꿉친구가 있다면 그 이상은 아무것도 필요 없다. 하지만 분명 과한 욕심의 소원이겠지. 그래도 바라는 데 돈이 드는건 아니다. 가능한 한 이상에 가까워지도록 노력해야겠다고 다짐한다. 어려운 수업이나 시험에 진저리도 치고 학교 행사를 마음껏 즐겨도 보고. 뭔가 새로운 일도 시작해볼까. 좋아하는 사람도 생겼으면…….

봄의 따뜻한 기운이 그런 멋진 3년을 예감케 했다.

4
○

입학식 다음 날, 학급 활동 시간에 진행된 자기소개를 계기로 미노리는 사소 아야카와 친해졌다. 자기소개 때 미노리가 말한 좋아하는 가수가 겹친 모양인지 쉬는 시간이 되자 그녀가 먼저 말을 걸어왔다. 사소 아야카는 그 가수의 데뷔 이후 줄곧 팬으로, CD도 전부 갖고 있고 가끔 콘서트에도 가는 모양이다. 미노리는 무척 놀랐다. 그 그룹은 상당히 마이너한 그룹이었기 때문이다. 그래서 대화가 통하는 상대를 처음 만나 굉장히 기뻤다. 두 사람은 금방 의기투합해서 평소 학교생활에서도 함께 행동하는 일이 많아졌다.

아야카는 옆의 큰 시에 있는 중학교 출신으로 전철을 타고 통학하고 있다. 취미는 기타 튕기기와 달콤한 디저트 먹기. 어깨에 닿을 정도의 검은 생머리는 찰랑거렸고 기다란 눈매와 오뚝한 콧날은 동성인 미노리가 보기에도 매력적이었다. 틀림없이 미인에 속한다. 그런데 아야카는 좋은 의미로 사람들이 생각하는 '보통의 얌전한 여고생'이 아니었다. 자신의 의견이 확실하고 분위기에 휩쓸리지 않는 강인함을 지녔다. 적을 만들기 쉬워 보이는 성격이지만 본인은 신경 쓰지 않는 듯해서, 그런 아야카를 미노리는 금세 좋아하게 되었다.

아야카 이외에도 그럭저럭 말이 통하는 친구가 몇 명 생겼다. 무서운 상급생 혹은 선생님에게 찍히거나 이상한 사람한테 트집 잡힌 적도 현재까지는 없다. 미노리의 고교생활은 딱히 좋지도 나쁘지도 않은 느낌으로 순조롭고 평범하게 막을 열었다.

수업은 중학교 때에 비해 현격히 어려워졌다. 진행 속도도 빨라 수업 내용을 겨우 노트에 적는다. 미노리는 특히 이과 과목에 완전히 속수무책 상태였다. 1학년 1학기가 이 정도인데, 앞으로 더 복잡하고 고난도인 내용이 나오겠지. 앞날이 걱정된다. 몇 개의 동아리를 둘러봤으나 최종적으로 들지 않았다. 방과 후에는 종종 미노리와 마찬가지로 동아리에 들지 않은 아야카와 함께 패밀리레스토랑이나 패스트푸드점에 들러 장시간 눌러앉아 있었다.

유야는 중학교 때처럼 육상부 활동을 이어갔다. 수업을 마치고 집에 가는 길에 운동장에서 연습 중인 유야를 목격할 때가 있다. 유야는 언제나 진지한 얼굴이었는데, 미노리는 그런 그의 모습을 보는 게 좋았다.

다이치는 입학 첫날의 선언대로 동아리에 들지 않은 모양이었다. 수업이 끝나면 곧장 집에 가버린다. 그 애라면 정말로 집에서도 공부를 하고 있을 것 같다. 육상부 상급생이 몇 번인가 다이치를 스카우트하러 교실까지 찾아왔는데 그는 단박에 거절했다. 중학교 때에는 현에서도 상위권에 들던 실력이라는 이야기를 유야에게 들었다. 공부도 잘하고 운동도 잘하는 다이치가 솔직히 대단하게 느껴졌다. 분명 그에 상응하는 노력을 하고 있겠지. 더구나 다이치는 자만하지 않고 한결같이 겸손한 모습이라 더욱 존경할 만하다.

점심시간에는 유야가 가끔 미노리 반에 온다. 결코 자기 반에 친구가 없어서는 아닌 것 같다. 다이치의 앞자리는 점심시간이면 어김없이 빈다. 그 자리 주인이 늘 학생 식당에 가기 때문이다. 유야는 그 자리가 제 자리인 양 털썩 앉고서는 뒤로 돌아 다이치와 이야기를 나누며 점심을 먹는다. 유야가 오면 다이치는 웃음이 잦아진다. '진짜 친하구나.' 평소에는 좀처럼 볼 수 없는 다이치의 웃는 옆모습이 시야 한쪽에 비칠 때마다 미노리는 생각한다. 그들의 대화는 대부분 시답잖은 내용이다. 늘 다이치의 옆자리에서 점심을 먹는 미노리와 아야카도 가끔 잡담에 말려든다. 그렇게 일상을 보내다 보니 유야는 어느새 아야카와도 친해졌다.

유야는 사람과 금방 친해진다. 상대의 품을 파고드는 기술이 능숙하다. 예전부터 그랬다. 초등학생 때도 그의 주변에는 사람이 많았다. 아야카와 즐겁게 이야기를 나누는 유야를 보며 미노리는 자주 가슴이 따끔거렸다. 제 친구들이 친하게 지내는 건 분명 좋은 일인데. 이상하게 답답한 기분

이 든다. 그 기분의 정체를 알게 되는 게 두려워 미노리는
답답함을 느끼면서도 아무렇지 않은 척했다.

5
。

꿈꿔왔던 즐거운 고교생활의 한 학기가 순식간에 지나
간다. 황금연휴가 끝나고 중간고사가 끝나고 이어서 기말
고사가 끝났다. 성적표 배부와 종업식이 남아 있지만 수업
은 이제 없다. 실질적인 여름방학의 개막이다. 시험도 끝났
고 긴 방학을 앞두고 있다 보니 반에는 즐겁고 들뜬 분위
기가 감돌았다.

"와우! 곧 여름방학이야, 미노리."

미노리도 여느 때처럼 아야카와 여름방학 이야기를 하
고 있었다.

"그러게. 아야카는 어디 놀러 안 가?"

"아무 예정도 없어. 가고 싶은 곳은 엄청 많지만."

"예를 들면?"

"바다랑 산, 그리고 여름 축제도!"

눈을 반짝반짝 빛내는 아야카의 입에서 나온 장소는 역

시나 여름 특유의 분위기를 만끽할 수 있는 곳뿐이었다.

"좋네. 재밌겠다."

미노리까지 덩달아 들뜬다.

"가자. 레이랑 아이미도 같이."

레이와 아이미는 미노리와 아야카가 평소에 가까이 지내는 친구다.

"좋아. 가자가자!"

그런 대화를 펼치고 있는데 의외의 인물이 말을 걸어왔다.

"야나기바."

크지는 않은데 신기하게도 선명히 들리는 깨끗한 목소리. 히라가 다이치였다.

"응?"

무심코 허리를 꼿꼿이 세우며 대답했다.

"그리고, 아마, 사소도 말인데."

"'아마'라니, 무슨 말이 그래."

아야카가 투덜거렸다.

"유야가 전해달래. 여름방학 때 페어리랜드에 가자고."

"무슨 말이야?"

미노리가 의아해하며 되묻는다. 유야의 제안은 언제나 갑작스러웠다. 어제오늘 일은 아니다. 페어리랜드는 옆 현에 있는 인기 테마파크다. 제트코스터나 관람차 등의 놀이 기구는 물론이고 퍼레이드 및 공연 이벤트도 풍부하다.

오리지널 캐릭터를 모티프로 곳곳을 꾸민 덕분에 파크 내부는 현실과 동떨어진 듯한 분위기가 연출되어 있다. 레스토랑 메뉴며 매장에서 파는 굿즈까지 모두 페어리랜드에서만 살 수 있는 아이템이 많다. 남녀노소 할 것 없이 즐길 수 있는 오락시설로 유명해서 1년에 몇 번씩 찾아오거나 멀리서 묵으러 오는 사람도 많다. 젊은 세대에게 가장 인기가 뜨거운 장소라고 할 수 있는 바로 그 페어리랜드에, 유야가 다 같이 가지고 제안한 모양이다.

"그게, 나도 잘은 모르겠는데 야나기바네한테 전해달라고 해서. '야나기바네'라고 하니까 아마 사소도 같이 가자는 말이라고 생각해서……."

다이치는 당황한 모습으로 고개를 갸웃거린다.

"어, 구로타키다!"

아야카의 목소리에 교실 문을 쳐다보자 때마침 유야가 들어오고 있었다.

"마침 다이치가 이야기를 한 모양이네. 그럼 다들, 일정 없는 날 알려줘."

미노리네가 있는 곳으로 다가오자마자 유야는 그렇게

말했다. 딱히 다른 질문이나 반대 의견이 나오지 않아 넷이서 가기로 결정해버렸다. 각자 스케줄을 확인하기 시작한다. 결국 동아리에 들지 않은 세 사람이 유야가 동아리 활동을 쉬는 날에 맞추기로 했다. 미노리는 겉으로 티는 안 냈지만 은근히 기대하고 있었다.

반년 전 유야와 간 신사에서 소원을 적었던 나무판에 그렸던 그림도 페어리랜드 캐릭터였다. 그 캐릭터를 키홀더로 가방에 달고 다니던 적도 있었다. 유야가 그걸 기억하고서 페어리랜드에 가자고 하는 거라면 그건 정말 기쁜 일이다. 하지만 유야는 아마 그렇게까지 세심하게 생각하지는 않았을 것이다. 더구나 미노리를 위해 그렇게 할 이유도 유야에게는 없지 않을까.

6
°

미노리는 숙제도 하고 아야카와 레이, 아이미와 쇼핑도 하면서 여름방학을 보냈다. 중학생 때보다도 행동 반경이 넓어진 탓인지 굉장히 충실한 나날이었다. 이윽고 페어리랜드에 가는 날이 왔다. 약속 시간은 아침 일찍이었는데,

미노리는 그럭저럭 무사히 일어났다. 전날 미리 골라놓은 옷으로 갈아입고 아직 잠자리에 있는 가족을 깨우지 않도록 조심조심 집을 나왔다. 날씨는 구름이 적당히 떠 있어 근래 들어와 가장 시원했다. 그래도 후끈한 더위가 물씬 느껴졌다.

"안녕."

집 앞에서 유야가 기다리고 있었다. 흰 티셔츠에 남색 반바지를 입은 편안한 복장이었다. 졸려 보이는 눈으로 하품을 한다.

"안녕."

미노리는 미소 띤 얼굴로 인사했다. 무척이나 즐거운 하루가 될 것 같은 예감이 들었다.

아직 텅텅 비어 있는 전철을 갈아타고 목적지로 향한다. 미노리네 동네 역에서는 이른 아침이기도 해서 차량 내부에 사람이 적었는데, 페어리랜드에 가까워지자 실내가 만원을 이루었다.

"우와. 사람 많네."

유야의 낮은 어휘력에 미노리는 쓰게 웃는다.

"감상이 촌놈 같아."

냉정한 다이치의 한 방.

검은 스키니 팬츠에 남색 반팔 셔츠. 차가운 색으로 갖춰 입은 다이치의 사복 차림은 완전히 미노리의 상상 그대로였다.

"그러고 보니 다들 여기 처음이야?"

흰 블라우스에 푸른 청바지 차림이 활동하기 좋아 보이는 아야카가 말했다.

"나는 처음이야. 계속 오고 싶었는데 좀처럼 기회가 없었어."

미노리가 대답한다.

"나도 처음이네."

"나도."

유야와 다이치도 대답한다.

"그렇구나. 나도 어릴 때 부모님 따라 딱 한 번밖에 안 와봐서 기억이 전혀 없어. 아, 제트코스터 키 제한 때문에 못 타서 슬펐던 일만큼은 또렷하게 기억해."

"그럼 오늘은 복수전이네!"

미노리의 말에,

"응! 무슨 일이 있어도 탈 거야."

대답하는 아야카는 각오로 가득 차 단단한 눈을 빛냈다.

페어리랜드는 혼잡했다. 여름방학이 한창이니 당연한 일이다. 기온이 아침보다 올라 걷기만 했는데도 땀이 난다. 열사병을 조심해야겠다.

"뭐부터 탈까?"

미노리가 묻자 유야가 주머니에서 스마트폰을 꺼냈다.

"오늘 일정은 내게 맡겨. 전용 앱이 있어."

후훗, 자신만만하게 웃으며 그가 말했다. 대기 시간을 실시간으로 알아볼 수 있는 모양이다. 엄청 편리해 보인다.

"어, 이거 왜 이러지? 엥……? 어떻게 해야 대기 상황을 볼 수 있는 거야?"

유야가 당황했는지 미간을 찡그린다.

"잠깐 줘 봐…… 아, 이거다."

결국 아야카가 유야의 스마트폰을 다루고 나서야 효율적으로 파크 내부를 돌 수 있게 되었다. 풀이 죽은 유야가 어쩐지 귀여웠다.

'귀신의 집'은 생각보다 연출이 리얼하고 퀄리티가 높았다. 직원이 분장한 좀비는 분장이라는 걸 아는데도 생김새가 징그러워서 깜짝 놀라고 말았다. 아야카가 굉장히 무서워하던 모습이 의외였다.

"안 되겠어. 돌아가자. 진짜 안 돼. 돌아갈래. 싫어! 아니, 아니, 잠깐만 나 진짜 못 가겠다니깐, 기다려! 꺄아아아아아악!"

아야카는 평소라면 상상도 못 할 목소리로 절규하면서 옆에 있는 미노리를 껴안았다. 그 모습을 본 유야는 큰 소리로, 다이치는 입을 막아가며 웃었다. 미노리도 들어가기 전까지 벌벌 떨었는데 막상 들어가보니 아무렇지 않았다. 자신보다 더 무서워하는 사람이 있으면 오히려 공포가 누그러지는 듯하다.

'귀신의 집'을 나온 후에 "사소 목소리 녹음해뒀어야 하는데." 하고 중얼거린 유야는 아야카에게 걷어차였다.

다음으로 아야카가 타고 싶어 하던 제트코스터를 탔다. 그녀는 귀신의 집에서 내질렀던 절규와는 달리 두 손을 치켜들면서 즐거운 비명을 질렀다. 제트코스터에서 내린 후 네 사람은 잠시 쉬기로 했다. 다이치가 멀미를 했기 때문이다.

"다이치, 살아 있냐?"

유야가 벤치에서 몸을 구부리고 앉아 있는 다이치에게 말을 건다. 걱정한다기보다는 어딘가 즐거워하는 느낌이다.

"죽겠다."

"에휴, 중학교 때 원정 경기 갈 때도 버스에서 멀미 자주 했잖아. 2학년 때 현에서 하는 대회 때도 너……."

"입 좀 다물어. 그 이상 말하면 1학년 겨울에 네가 대머리 고문 선생님 머리에 거울로 태양광 반사시키다가 걸려서 혼난 이야기 떠벌린다."

"이미 다 말했네! 너야말로 입 다물어라!"

심하게 멀미한 것치고는 상태가 괜찮아 보인다.

"히라가, 멀미가 심한가 보네. 운동 신경과 멀미는 별로 상관이 없나 보다."

아야카가 말했다.

"아니, 나 운동 신경 별로 안 좋아. 아, 메슥거려서 미치겠다."

"가서 마실 거 좀 사 올게. 히라가, 물이면 되겠지?"

"응. 고마워, 사소."

"나도 같이 가."

미노리도 목이 말라서 따라가기로 했다.

"둘만 남네, 다이치. 무릎베개해줄까?"

"시끄러워. 멀미 진정되면 주먹 날아간다."

짓궂게 장난치는 두 사람의 모습에 미노리는 웃음을 터뜨리며 아야카와 음료 가게로 향했다.

정말 즐거웠다. 하지만 즐거운 시간은 순식간에 흘러가, 오렌지색으로 물드는 하늘이 애달픔을 불러온다.

"마지막으로 저거 탈까?"

유야가 가리킨 건 큰 관람차였다. 놀이공원을 돌다가 지친 이들에게 안성맞춤인 놀이기구다. 곤돌라에서 보이는 풍경은 분명 아름답겠지. 20분 정도 줄을 서고서야 겨우 미노리네 순서가 다가왔다. 유야와 미노리가 먼저 기구에 오른다. 뒤이어 다이치와 아야카가 다음 칸에 탄다. 넷이서 함께 탈 것으로 생각했던 터라 조금 놀랐지만 금방 창 밖 풍경에 시선을 빼앗겼다.

"우와, 예쁘다. 봐봐."

올라가는 곤돌라에서 보이는 붉게 만든 하늘은 지금껏 본 하늘 중에서 제일 예뻤다. 석양에 비친 도시의 모습이 보인다. 하늘에 가까워질수록 지면이 멀어져간다.

"제트코스터 탔을 때도 생각했는데, 지상을 내려다보는 거 즐겁네. 권력자가 된 기분이야."

"뭐야, 그 최악의 감상은. 예쁘다든가, 뭐 더 없어?"

모처럼 보는 풍경인데.

"나는 솔직히 말하자면 바다파야."

"아, 그러세요……. 그나저나 왜 따로 탔어? 보통 넷이서 타지 않아?"

흐름에 몸을 맡기고 기구에 올라탔더니 어느새 유야와 둘뿐이었다. 의식하지 않으려 노력했으나 그런 생각이 든 시점에서 이미 둘뿐임을 의식한 거겠지. 대화를 나눌 때도 목소리가 높아지지 않도록 조심했다.

"이왕이면 느긋하게 즐기고 싶지 않아?"

"딱히, 둘이서든 넷이서든 타는 시간은 변함없는데."

"들켰네."

"지금 나 바보 취급하는 거야?"

"어떻게 알았어? ……혹시 야나기바는 눈치 못 챘어?"

"뭘?"

미노리는 유야의 말뜻을 못 알아들었다.

"아무것도 아냐."

"뭐야, 알려줘."

슬쩍 넘어가려는 유야에게 미노리는 부루퉁한 표정을 지어 보였다.

"안 돼."

심술궂게 입꼬리를 올리며 대답하는 유야의 모습에 미

노리는 가슴이 두근거렸다.

"어린애는 몰라도 돼."

"누가 어린애라는 거야!"

"우와. 밖에, 예쁘다!"

"말 돌리지 마!"

그런 대화를 나누는 사이 어느새 곤돌라는 꼭대기에 다다랐다.

미노리는 아무리 머리를 쥐어짜봐도 둘이서 관람차를 타야 하는 이유를 모르겠다고 생각했다. 그러는 동안 지면이 가까워지자 괜히 안타까운 기분이 들었다. 이제 하늘은 오렌지빛에서 쪽빛으로 변해간다.

미노리와 유야가 지상에 내려선다.

다이치와 아야카도 몇 초 후 내렸다.

"자, 이제 돌아갈까."

유야의 말에 넷이서 걸어가기 시작했다. 유야와 다이치, 그 뒤로 미노리와 아야카가 나란히 두 줄을 이룬다.

"높은 곳에서 보는 경치 진짜 예쁘더라."

"……."

"아야카?"

"어? 아, 응. 그러게. 예뻤지."

아야카는 마음이 딴 데 가 있는 것처럼 먼 곳을 응시한다.

앞서 걸어가는 다이치도, 관람차를 타기 전과 어딘가 분위기가 달라 보였다. 설마 관람차 안에서도 멀미를 했나. 이날 생긴 일을 미노리가 알게 된 건 시간이 좀 더 지나서였다. 하늘 색깔이 변해가듯 네 사람의 관계도 조금씩 변해가고 있었다.

제4장

더 멋진 인생이 기다리고 있을 거라 믿어 의심치 않았다

1
○

페어리랜드에 간 날로부터 3일 후. 미노리는 아야카와 함께 학교 근처 패밀리레스토랑에 왔다. 한창 북적이는 한낮을 넘긴 시각, 실내에는 식사를 끝내고 이야기를 나누는 손님들로 가득했다.

여름 무더위로 달아오른 몸에 닿는 에어컨 바람이 상쾌하다.

"보고할 게 있어."

식사를 끝내고 그렇게 말을 꺼낸 아야카는 어딘지 긴장한 모습이었다.

"뭘?"

"그게 말이야……."

몇 초간의 침묵. 여느 때와는 달리 자신감 없어 보이는 아야카의 모습에 미노리는 자세를 고쳐 앉았다.

아야카는 가게의 로고가 박힌 투명한 컵에 손을 뻗어 조금 남아 있던 아이스티로 한차례 목을 축였다. 그리고 각오를 다지듯 숨을 크게 내쉬었다. 그 후 아야카는 미노리를 물끄러미 응시하며 말했다.

"실은, 히라가랑 사귀기로 했어……."

"뭐? 그렇구나. 축하해!"

놀라움과 안도감이 동시에 들었다. 아야카의 긴장한 모습에서 나쁜 얘기겠구나 싶었던 미노리는 걱정을 내려놓고 축복의 말을 건넸다.

"응. 고마워."

아야카는 그제야 겨우 미소를 지었다. 행복해 보이는 기운이 넘친다.

"근데 조금 전엔 왜 그렇게 긴장한 거야?"

"그건……."

순간 뭔가를 생각하는 듯 뜸을 들인다.

"이럴 때는 보통 긴장하게 되지. 이 얘기 아직 아무한테도 안 했거든. 그래서 네가 축하한다고 말해줘서 엄청 마음이 놓였어."

붉어진 얼굴을 손으로 부채질하는 아야카. 평소 딱 부러지는 친구의 새로운 면모가 사랑스러웠다.

"그렇구나. 그래도 깜짝 놀랐어."

미노리는 매우 놀랐다. 다이치도 그렇고 아야카도 연애 같은 것에는 별로 관심이 없다고 여겼기 때문이다. 둘 다 이성에게 인기 많을 타입인데도 전혀 그런 이야기를 하지 않았고 누구와 만난다더라 하는 소문도 없었다. 친구라서 하는 말이 아니다. 게다가 아야카는 입학 후 며칠 만에 상급생에게 고백을 받은 경험도 있었다.

어딘가 비슷한 분위기를 지닌 두 사람이라서 사귀게 됐는지도 모르겠다. 성격은 달라도 주위에 휩쓸리지 않고 항상 자신의 신념을 지킨다는 점이 다이치와 아야카의 공통된 장점이다. 도리에 어긋난 것을 싫어하는, 심지가 굳은 아야카와 늘 온화하고 어른스러운 분위기의 다이치. 이렇게 나란히 놓고 보니 그런 두 사람이 정말로 잘 어울리는 것 같았다.

"이야. 드디어 아야카에게 남자친구가 생기다니…… 나 외로워지겠네."

"후후후. 실컷 외로워하거라."

아야카가 익살맞게 군다.

"그나저나 히라가라니. 뭔가 수긍이 가."

"그래?"

"응. 히라가는 착하고 성실해 보이잖아. 나중에 아주 좋은 남편이 될 것 같아. 아내가 될 사람은 분명 행복할 거야."

"응. 그러게."

그렇게 대답하는 아야카는 웃는 것 같기도 하고 곤란해하는 것도 같았는데, 뭐라고 표현할 수 없는 표정이었다. 자신이 좋아하는 사람을 칭찬해서 부끄러운 건지도 모르겠다.

"그나저나 누가 고백했어?"

가벼운 흥미가 생겨 미노리가 물었다.

"……내가. 얼마 전에 넷이서 놀러 갔잖아. 마지막에 관람차 탔을 때 고백했어."

아야카는 뺨을 붉히며 수줍게 말했다. 평소의 시원시원한 언동과는 딴판인 친구의 여성스러운 모습에 미노리는 저도 모르게 설렜다.

"뭐야! 드라마 같아!"

그러고 보니 그날 관람차에서 내린 두 사람의 모습이 평소와는 조금 달랐다. 지금에서야 그 이유를 알았다.

'혹시 야나기바는 눈치 못 챘어?'

유야가 관람차 안에서 했던 말이 떠오른다. 관람차를 굳이 따로 나눠 탄 이유가 다이치와 아야카 둘만 있게 해주기 위함이었을까. 그렇다면 아야카의 마음을 유야는 알고 있었다는 말이 된다. 유야는 어쩐지 그런 일에 둔하다고 생각했던 터라 미노리는 약간 충격을 받았다.

"혹시 유야도 둘이 사귀는 거 알고 있어?"

"실은 구로타키한테는 전부터 의논해왔어. 구로타키가 히라가랑 친하잖아? 여러 가지 공략법을 전수받았지."

역시. 그런 거였구나. 미노리는 납득했다. 그렇다면 다이치를 향한 아야카의 호감을 유야가 알고 있던 것도 수긍이 간다.

"그렇…… 구나."

왜 자신에게는 의논하지 않았을까. 그런 의문이 들었다. 의논했더라도 도움이 되지는 못했겠지만 이런 연애 고민을 나누는 건 친한 친구가 있다면 굉장히 꿈꾸는 일이다. 미노리는 만일 좋아하는 남자가 생기면 곧바로 아야카에게 의논할 것이다. 그래도 지금 이렇게 알려주었으니 뭐, 그거면 된 건가.

미노리와 아야카는 테이블과 음료 바를 몇 번 오가며 여러 이야기를 나누었다. 이번에 처음으로 둘이서 놀러 간다는 이야기나 다이치의 생일이 곧 다가와 선물을 생각 중이라는 이야기. 입학하고 얼마 안 돼 아야카가 끝내지 못한 당번 일을 다이치가 도와준 일. 그때부터 관심이 생겼고 어느샌가 좋아하게 되었다는 것. 누군가를 좋아하게 된다는 건 매우 행복한 일이겠지. 기쁜 표정으로 말하는 아야카에게서 그 행복이 강하게 전해진다.

"오늘은 이 얘기를 하고 싶었어. 들어줘서 고마워. 미노리한테는 얼른 알려주고 싶었거든."

순간 그 말의 의미를 이해하지 못했다. 아야카에게 미노리가 제일 친한 친구라는 뜻일까. 그렇다면 정말 기쁜 일이다. 일단 그렇게 받아들인다.

"나야말로 멋진 이야기를 들려줘서 고마워. 행복도 나눠주고."

결국 두 사람이 헤어진 건 저녁이 다 되어서였다. 아야카를 역까지 배웅하고 미노리는 걸어서 집에 갔다. 친구와 친구가 연인이 되니 어쩐지 기분이 이상하다. 싫다는 말은 아니다. 진심으로 축복할 만한 예쁜 커플이라고 생각한다.

미노리는 누군가와 사귄다는 것에 막연한 동경을 갖고 있었지만 연애 감정으로서의 '좋아한다'는 아직 잘 몰랐다. 자신도 언젠가 누군가와 사랑을 하게 될까.

순간 유야의 얼굴이 확 떠올라 황급히 지워버린다. 유야는 딱히 그런 사이가 아니라 그냥 친한 또래 남자다. 지금에 와서 그런 관계가 되려고 해도 어려울 것 같다. 그쪽도 그렇게 생각하겠지. 그러니까 이렇게 심장이 빨리 뛰는 건 뭔가가 잘못되어서다.

2
◦

8월 하순에 접어든 어느 날. 스마트폰에 메시지가 도착했다. 보낸 사람이 유야란 걸 알았을 때 아주 조금 설렜다. 어느샌가 미노리 안에서 유야는 단순히 친한 소꿉친구에서 조금 신경 쓰이는 남자가 되어 있었다. 그런 마음의 변화를 미노리는 인정한 상태였다. 아야카와 다이치의 교제도 유야를 남자로 의식하게 된 큰 요인이 되었다.

그러나 유야가 신경 쓰인다고 해서 자신이 취해야 할 행동을 명확하게 알고 있는 건 아니다. 쓸데없는 짓을 해서 지금의 관계를 망가뜨리고 싶지 않고, 그렇다고 아무것도 안 하고 있자니 마음이 편치 않다. 기껏해야 고민하는 것 말고는 미노리가 할 수 있는 게 없었다.

'다음 주 일요일, 불꽃놀이. 시간 비워놔'라고 보내온 유야의 메시지는 웃음 표시도 이모티콘도 없이 단도직입적이었다. 변함없이 거친 문장에 저도 모르게 웃음이 새어 나온다. 아마 아야카와 다이치에게도 같은 메시지를 보냈겠지.

불꽃놀이는 일주일 후다. 미노리는 유카타를 입어야겠다고 생각했다. 신사 때는 용기가 없어서 기모노를 입지 못했지만 이번에는 입고 싶었다. 그러나 그 마음 이상으로 유야에게 기모노 차림을 보여주고 싶은 마음이 더욱 컸다. 그걸 자각하자 얼굴이 달아올랐다.

미노리는 곧바로 아야카에게 연락해 함께 유카타를 사러 갈 약속을 했다. 이것으로 퇴로를 차단할 수 있었다. 때로는 기세가 중요하다. 내일이 되면 유카타 입기를 주저하게 될지도 모른다. 그걸 막아야 했다.

아야카가 사는 도시의 큰 쇼핑몰에는 수많은 사람이 쇼핑을 즐기고 있었다. 장기간의 방학이다 보니 특히 학생으로 보이는 젊은 층이 많았다. 때마침 여름 축제 시즌인 탓에 유카타를 파는 가게가 여러 군데 있었다. 고등학생의 지갑 사정으로도 살 수 있을 만한 가게를 몇 군데 돌았다.

"아, 이거 예쁘다. 어때, 아야카?"

미노리는 흰색과 푸른색 꽃무늬로 알록달록한 의상을 골라 거울 앞에서 대본다.

"어디? 보자."

아야카가 뒤에서 거울 너머로 살핀다. 눈을 가늘게 뜨고서 미노리의 전신을 훑어본 뒤 불만족스러운 표정을 짓는다.

"음. 조금 밋밋하다."

"그래?"

"응. 좀 더 화려한 게 미노리의 해맑은 귀여움을 돋보이게 하지."

"야, 내가 뭐가 귀여워!"

"잠시만 기다려봐."

부정하는 미노리의 대답을 무시하고 아야카는 여기저기 둘러본다.

"미노리는 이게 더 어울리겠다. 아니면, 이거나."

그녀는 자신의 유카타를 후딱 정하고 나서 진지한 얼굴로 미노리에게 어울릴 만한 유카타를 몇 벌 골라 가져왔다. 자기 옷보다도 미노리의 유카타를 고르는 데 더 열심이다.

미노리는 그 유카타를 입고 있는 자신과 그 모습을 본 유야의 반응을 상상하며 신중하게 유카타를 골랐다. 시간이 지나고 최종적으로 미노리가 구입하기로 마음먹은 옷은 해바라기 무늬의 유카타였다. 남색 바탕 위에 노란 꽃이 예쁘게 빛나고 있었다.

"잘 어울린다!" 아야카는 틀림없다며 자신을 믿으라고 했다. 미노리는 너무 화려하다 싶었는데 아야카가 저렇게까지 칭찬을 하니 의외로 어울리는 것처럼 느껴졌다. 인간이란 참 희한한 존재다.

"보고, 기대하고 있을게."

돌아가는 길에 아야카가 말했다.

"뭔 소리야?"

보고라니, 무슨 뜻이지. 미노리는 전혀 감을 잡을 수 없었다.

"아, 아무것도 아냐. 잊어."

아야카는 뭔가를 눈치챘는지 두 손으로 입을 막으며 얼버무리듯 웃었다. 그 대답과 의미심장한 웃음의 의미를 이때만 해도 알지 못했다. 게다가 불꽃놀이에는 페어리랜드 때처럼 아야카와 다이치도 함께 간다고 미노리는 멋대로 생각하고 있었다.

3

○

여름 축제 당일. 그렇게 고민하며 산 유카타였는데 막상 집에서 입어보려니 어쩐지 기분이 이상했다. 그리고 너무 힘을 줬다고 여길까 봐 그것도 싫었다. 그래도 기왕 돈 주고 산 거니 입어야겠지.

안 입고 가면 유카타한테도, 함께 골라준 아야카에게도 미안하다. 머리 모양도 이미 유카타에 맞춰 위로 묶은 상태다. 그런 식으로 입어야 하는 이유를 늘어놓으며 미노리는 마음을 단단히 먹고 유카타를 입었다.

"기다렸지?"

집에서 나와 기다리고 있던 유야의 등에 말을 건다. 깔끔한 흰 셔츠에 푸른 칠부바지. 돌아본 유야는 유카타 차림의 미노리를 보고 눈을 크게 뜨더니 그대로 몇 초간 말이 없다.

"뭐야. 무슨 말이라도 해."

가만히 쳐다만 보니 부끄럽다.

"아니, 잘 어울리네!"

비웃나 싶었던 미노리는 유야의 칭찬에 놀랐다. 이어서 기쁨이 온몸에 스며든다. 용기 내길 잘했다.

"……어, 고마워."

상당히 얼빠진 표정이었겠지. 그래서인지 유야가 의아하다는 듯 눈썹을 찡그린다.

"뭐야, 그 표정은?"

"방금 한 말, 한 번 더 해줘."

들뜬 마음에 졸랐으나 유야는 "뭐래. 얼른 가자." 하고는 걸어가버렸다. 그런 무뚝뚝한 태도도 신경 안 쓰일 만큼 미노리는 기뻤다.

전철을 타고 불꽃놀이가 개최되는 장소 근처의 역에 도착한다.

"아야카와 히라가는 어디서 합류해?"

미노리는 유야에게 물었다.

"안 와."

"어?"

"말 안 했는데."

페어리랜드에 갔을 때처럼 다이치와 아야카도 함께할 거라고 생각한 터라 미노리는 당황했다. 쇼핑하러 갔을 때 아야카도 유카타를 샀는데, 오늘을 위한 옷이 아니었나? 가만히 생각해보니 아야카나 다이치가 온다는 소리를 한 번도 못 들었다. 두 사람 모두 안 온다. 그 말은 유야와 둘뿐이라는 뜻이다.

중학교 3학년 겨울, 새해를 맞이해 유야가 신사에 가자던 때가 떠올랐다. 그때도 둘뿐이었다. 그렇지만 지금 유야와의 거리는 확실히 그때보다 가까웠다.

"왜 이번에는 둘한테 얘기 안 했어?"

그 질문은 '어째서 나한테만 얘기했어?'와 같은 의미다. 하지만 그런 말을 직접적으로 물을 용기가 미노리에게는 없었다.

"생각해 봐, 그 녀석들의 데이트를 방해해서 되겠어?"

유야는 그렇게 대답했으나 모호한 답변이었다. 더구나 어딘가 언짢아 보인다.

"아, 맞네. 그러네…… 두 사람 사귀는 사이잖아."

"아, 진짜! 그게 아니라고! 아니야, 이 바보야!"

유야가 미노리의 말을 가로채며 조금 화난 것처럼 미노리의 말을 부정했다.

"어?"

둘은 서로 마주 본 채로 침묵한다. 그러기를 몇 초. 아무래도 유야가 짜증이 난 것 같다.

"내가, 너랑 둘이서만 오고 싶었어!"

미노리의 얼굴을 뚫어지게 바라보며 그렇게 외친다. 오늘의 유야는 어딘가 이상했다. 그리고 미노리 자신도 이상하다. 심장 박동이 빨라진다. 여름의 무더위는 사람을 들뜨게 한다는 말을 들은 적이 있다.

"그 말…… 무슨 뜻이야?"

"말한 그대로야. 얼른 가자."

유야는 획 뒤돌아 걸어가기 시작했다. 여전히 조금 화난 말투였지만 보폭은 미노리에게 맞춰주고 있다. 그리고 지금 유야는 어떤 다른 감정을 숨기려고 일부러 짜증을 내는 것 같았다.

솔직히 말하면 기뻤다. 호감이 없는 이성과 둘이서 불꽃놀이를 보러 가지는 않으니까. 그 호감이 연애 감정인지는 잘 모르겠지만 그만큼 미노리를 특별하게 생각하고 있다는 말이다. 동시에 불안한 마음도 든다. 누가 보기라도 하면 어쩌지. 자신과 유야가 사귄다는 소문이라도 나면…….

미노리는 싫지 않았다. 그러나 유야는 싫어할지도 모른다. 멋대로 그런 생각을 하다가 멋대로 기분이 가라앉는다. 하지만 유야가 가자고 했으니까 아마 괜찮지 않을까? 부정적인 생각은 여기서 그만. 과연 나는 유야와 무슨 사이가 되고 싶은 걸까. 미노리는 자신에게 묻는다.

뭐든 터놓을 수 있는 소꿉친구? 허물없는 친구? 아니면?

미노리는 아직 답을 찾지 못했다.

4
○

불꽃놀이 장소에는 아이와 함께 온 부부와 대학생 무리, 손잡고 있는 커플 등 다양한 사람들로 발 디딜 틈이 없었다.

"방금 지나친 사람, 너희 선생님 아냐?"

유야네 담임이었다. 미노리 반에 지리 수업을 하러 들어온다.

"그래? 의외네. 그 꼰대, 집에 틀어박혀서 어려운 책만 읽을 것 같았는데."

"뭐야, 그 편견은. 아, 저기 좀 봐. 쟤. 뭐였더라, 제목은 생각 안 나는데 저 가면 반갑네."

"진짜다. 만화였지? 어, 그러니까 그게…… 어, 나도 제목이 생각 안 나네. 그래도 야나기바가 마지막 회 보면서 엉엉 울던 건 기억난다."

"뭐래. 제발 기억에서 좀 지워줄래!"

조금 전 두 사람 사이의 어색한 분위기는 소란스러움에 휩쓸려 어딘가로 사라져버린 듯했다. 포장마차가 죽 늘어선 거리. 힘차게 호객하는 소리며 구워낸 음식의 먹음직스러운 냄새가 사방에서 퍼져 나온다. 미노리와 유야는 야키소바와 사과사탕을 사서 먹으면서 걷는다.

"덥네. 목마르다."

무료로 받은 홍보용 부채를 부채질하며 유야가 말했다.

"나도."

"안 되겠다. 라무네 사러 가자."

"갑자기 웬 라무네?"

"여름 축제 하면 당연히 라무네지."

두 사람은 라무네를 파는 포장마차를 찾았다. 음료를 파는 곳은 많았지만 라무네는 아예 없거나 다 팔린 곳이 많아 좀처럼 보이지 않았다. 힘겹게 10분 정도 돌아다니다 겨우 라무네를 파는 포장마차를 발견하고서 두 병을 샀다.

"목 축이려다가 목이 더 마르게 됐잖아!"

걷다 지친 미노리가 투덜댔다.

"뭘 모르네. 이런 게 바로 여름 축제라고."

"맛은 있네."

미노리도 손에 든 라무네를 마신다. 유야가 말한 대로 여름 축제의 분위기가 느껴졌다.

두 사람 모두 다 마신 타이밍에 불꽃놀이가 시작된다는 안내방송이 흘러나왔다.

"불꽃놀이 시작한대. 이제 자리 잡고 보자."

"응. 돌아다니느라 다리도 아프고."

"그럼그럼. 누가 제멋대로 라무네를 마시고 싶다고 해서 말이지."

"결국 야나기바도 마셔놓고는…… 여기가 좋을까?"

"응."

두 사람은 높이가 적당한 화단에 걸터앉는다. 빛 한 줄기가 중력을 거스르며 밤하늘로 치솟는다. 마른 소리가 울려 퍼지더니 그게 신호가 되어 작은 빛 알갱이들이 둥그렇게 퍼진다. 그 한 발을 시작으로 계속해서 눈부신 빛이 터져나간다. 여름밤의 피날레, 불꽃놀이가 시작되었다.

"예쁘다."

미노리는 감동한 나머지 그 말밖에 나오지 않았다. 와글와글한 인파와 무더위에 약한 탓에 가끔 집에서 창문으로 불꽃놀이를 바라본 적은 있어도 불꽃놀이를 하는 대규모 여름 축제에 간 기억은 없다. 가까이에서 보는 불꽃이 이렇게 근사할 줄 몰랐다. 이 멋진 걸 지금껏 놓치고 있었다니. 그런 의미에서도 함께 가자고 해준 유야가 고마웠다.

"염색반응이네."

유야가 하늘을 올려다보며 중얼거렸다.

염색반응은 마침 1학기 과학 시간에 배운 금속 특유의 화학 반응이다. '빨리 노라 볼까'였나(학생들이 공식을 외우기 쉽게 '빨간색은 리튬, 노란색은 나트륨, 보라색은 칼륨'의 앞 글자를 따 만든 문장이다).

"그런 말 좀 하지 마."

미노리가 항의한다.

"왜?"

"나까지 정서가 메마르잖아."

관람차를 탈 때도 그랬다.

"그래도 굉장하네."

"불꽃?"

"염색반응. 단순히 말하면 그저 화학적인 현상일 뿐인데 인간이 지혜와 기술을 구사해서 이렇게 많은 사람의 마음을 움직이게 하잖아?"

주변 사람들도 끊임없이 색과 모양을 바꾸며 하늘로 치솟는 불꽃을 넋 놓고 바라보았다.

"응. 그렇게 말하니까 대단해 보여."

두 사람은 잠시 말없이 불꽃을 바라보았다. 형형색색의 큰 꽃송이가 밤하늘에 만발했다가 사라져간다. 평생 맛볼 여름을 다 맛본 듯한 느낌이다. 대략 20분 정도 진행된 불꽃놀이가 끝났다. 미노리의 가슴에 애처로움이 차오른다. 불꽃을 제작하는 과정이 엄청 힘들다는 이야기를 들은 적이 있다. 많은 시간을 들여 준비해둔 것이 고작 몇 시간 만에 역할을 끝내버린다. 그런 허무함도 사람들을 감동시키는 데 한몫하고 있는 게 아닐까.

"자, 이제 갈까."

유야가 입을 열었다.

"응."

그 말에 안도하며 미노리는 고개를 끄덕인다.

둘뿐이라는 사실을 알았을 때부터 어렴풋이 두려움을 느꼈다. '옆집에 사는 소꿉친구'라는, 지금껏 이어온 그저 그런 둘의 관계를 바꿔버릴 만한 일이 오늘 일어나지 않을까. 그런 예감이 있었기 때문이다.

5

○

아무 일 없이 끝나고 돌아가는 길을 미노리는 맥없이 걸어간다. 무심코 올려다본 밤하늘에는 달과 별이 보였다. 미노리가 품고 있던 경계심이 어둠 속으로 확 빨려들어간다. 경계심? 아니다. 정확하게 말하자면 품고 있던 것은 기대였다.

유야가 미노리의 유카타를 보고 잘 어울린다고 말해줬을 때, 기뻤다.

'내가, 너랑 둘이서만 오고 싶었어!'

그 말을 들었을 때 분명 행복을 느꼈다. 그래서 집 앞을 몇 미터 남겨둔 곳에서 유야가 느닷없이,

"좋아해."

그렇게 말했을 땐 심장이 멈추는 줄 알았다. 잘못 들었나 싶었지만 미노리의 눈앞에는 진지한 표정을 한 유야가 미노리를 바라보고 있었다.

"왜…… 지금 말해?"

눈물이 나려는 걸 참으며 미노리가 물었다. 말로는 표현할 수 없는, 처음 맛보는 감정이 가슴속에서 흘러넘치는 것 같았다.

"아까 말하려고 했는데, 떨려서……."

"바보."

유야를 좋아한다. 유야는 좋은 사람이다. 하지만 로맨틱한 의미로 좋아하냐고 묻는다면, 확실하게 대답할 수 없다. 자신의 모호한 감정이 이해되지 않아, 그게 너무 속상하다. 유야는 이렇게 솔직하게 미노리에게 마음을 표현하는데 말이다. 그러나 분명 앞으로 이 사람을 더욱 좋아하게 되겠지. 그런 예감만은 있었다.

"좀 더…… 걸을래요?"

자신의 제안이 부끄러워 엉겁결에 존댓말이 튀어나왔다.

"응."

유야가 짧게 받아들인다.

두 사람은 누가 먼저랄 것도 없이 손을 맞잡고 집 반대 방향을 향해 모퉁이를 돌았다. 유야에게 손을 잡힌 건 중학교 3학년 때 이후 처음이다. 몸이 안 좋던 미노리를 유야가 눈치채고 보건실까지 데려갔던 일을 떠올린다. 하지만 그때 유야가 붙잡은 건 미노리의 손목이었다. 그러니 유야와 제대로 손을 맞잡은 건 사실상 오늘이 처음이었다. 초등학교 저학년 때 잡은 건 치지 않기로 한다.

손을 잡은 그대로 두 사람은 20분 정도 이런저런 이야기를 나누며 걸었다. 미노리의 심장은 평소의 두 배 가까이 빨리 뛰고 있었다. 맞잡은 손으로 기쁨과 긴장이 유야에게 전해진 것 같아 부끄러웠다.

"맞다. 아직 말 안 했네."

조용한 강변을 걷는데 유야가 말했다.

"뭘?"

미노리가 멈춰 선다.

유야도 발을 멈추고 미노리 쪽을 쳐다보며 말했다.

"나와 사귀어줄래?"

맞잡은 손에 힘이 꽉 들어가는 게 느껴졌다.

"좋아. 잘 부탁해."

그 손을 꼭 붙잡은 채 미노리는 망설임 없이 대답했다. 얼굴을 마주하고서 고백받은 부끄러움과 소꿉친구와 갑작스레 연인 사이가 되는 것에 대한 불안도 있었다. 그러나 그런 마음들이 사소하게 여겨질 만큼 행복했다. 그렇게 아야카와 다이치의 뒤를 따르듯 미노리와 유야도 교제를 시작했다. 여름이 두 사람의 관계를 새로운 색으로 덧칠했다. 지금 미노리에게는 행복한 미래만 그려졌다.

집에 들어온 후 안절부절못하던 미노리는 아야카에게 전화를 걸었다.

"아야카? 나 있잖아."

미노리는 두서없이 허둥대며 오늘 있었던 일을 알렸다. 누군가에게 말하는 것조차 긴장된다. 심장 박동은 여전히 빨랐다.

"잘됐네!"

아야카는 마치 자기 일처럼 기뻐했다. 하지만 별로 놀란 기색이 없어 보여 미노리는 조금 위화감을 느꼈다.

"아! 혹시 얼마 전에 말한 '보고'가 이거야?"

'보고, 기대하고 있을게.' 유카타를 사러 갔을 때 아야카는 그렇게 말했다.

"뭐야, 너 이제 눈치챘어?"

그땐 아예 아야카와 다이치도 불꽃놀이에 함께 가는 줄로 알고 있었다. 자신이 상당히 둔하다는 사실을 새삼 자각한다. 유야가 미노리에게 고백하려고 했다는 것을 아야카도 알고 있었을까. 그럼 더 부끄러운데.

"와! 당했네. 어디까지 알고 있었어?"

"구로타키가 미노리를 좋아한다는 건 알고 있었지. 알았다기보단 그냥 추측만 하고 있었는데 얼마 전에 다이치에게 확실히 들었어."

그렇다면 다이치도 알고 있다는 말이 된다. 아마도 유야가 다이치에게 말했을 테지. 몰랐던 건 자신뿐인 듯하다. 왠지 모르게 세상에 혼자 버려진 기분이었다.

"뭐? 세상에! 나 완전 바보 같아!"

"에이, 왜 그래. 아무튼 진짜 축하해!"

그 후 몇 분간 잡담을 나누고 아야카와 통화를 끝냈다.

미노리는 아야카가 다이치를 자연스레 이름으로 부르게 되었다는 사실을 깨달았다. 유야도 언젠가 자신을 이름으로 불러주게 될까. 그렇게 8월 말에 큰 전환을 맞이하며 미노리의 고등학교 1학년 여름방학은 막을 내렸다.

6
○

"유야와 사귄다며."

2학기 개학식 날 아침 다이치가 말을 걸었다.

"응…… 그렇게 됐어."

입에 올리니 새삼 쑥스럽다. 숨길 생각은 없지만, 주변에 들릴까 봐 무심결에 두리번거렸다.

"유야는 좋은 녀석이니까 야나기바를 분명 행복하게 해줄 거야."

다정하고 부드러운 목소리였다. 그리고 다이치의 눈빛은 진지했다. 유야를 향한 신뢰가 두 눈에서 엿보인다. 이런 남자들의 우정이 조금은 부러웠다.

"너무 나간다. 아, 유야가 좋은 녀석이라는 건 나도 알고 있지만 행복하게 해준다던가, 그런 말은 좀…… 우리 이제 막 사귀기 시작했어."

"아, 미안. 그나저나 그 녀석 가끔 생각 없이 내달릴 때가 있는데 잘 제어해줘."

"제어라니…… 하핫."

"왜 웃어?"

"아니, 꼭 무슨 보호자 같아서."

"아하하. 그럴지도 모르겠네."

사무적인 연락을 제외하면 다이치가 먼저 미노리에게 말을 걸어온 건 이번이 처음인 것 같다. 그도 차츰 미노리에게 속마음을 드러내기 시작했다는 뜻일까. 어쩐지 조금 기뻤다. 다이치는 가방에서 초콜릿 과자 봉지를 꺼내어 하나를 입에 넣었다. 그는 단 과자를 좋아하는지 쉬는 시간에 자주 먹는다. 그런데도 살이 안 찌는 게 부럽다.

미노리가 쳐다보고 있어서였을까.

"야나기바도 먹을래?"

그렇게 말하며 다이치가 봉지를 내밀었다.

"응. 고마워."

미노리는 미소를 지으며 봉지에 손을 집어넣어 초콜릿 하나를 가져갔다.

"그런데 히라가는 아야카와 잘돼가?"

"……응. 내겐 아까울 정도로 정말 좋은 사람이야."

뭐지. 순간 그가 어두운 표정을 지은 듯한 기분이 들었다. 게다가 아야카에게 어딘가 거리를 두는 말투였다. 자신이 참견할 일이 아니라는 것쯤은 알고 있지만 조금 걱정이다. 그렇기에 미노리는 가볍게 웃으면서 말해본다.

"아야카 울리면 용서 안 해."

"명심하겠습니다."

다이치도 가볍게 받아쳤다. 하지만 이때 느낀 위화감의 정체는 이후 한 달도 지나지 않아 밝혀진다.

점심시간 안뜰. 너무 덥지도 춥지도 않은, 딱 적당한 기온인 날. 미노리와 아야카는 둘이서 도시락을 먹고 있었다. 그런데 아야카의 입에서 깜짝 놀랄 말이 튀어나왔다.

"어떻게 하면, 다이치가 날 좋아해줄까?"

"뭐? 잠시만. 뭔 소리야, 이미 히라가와 사귀고 있잖아."

아야카가 내뱉은 말의 의미를 전혀 이해할 수 없었다. 순수한 미노리에게 연인이란 서로 사랑하는 두 사람을 의미했다.

"실은 말이야, 우리는 같은 마음이 아냐."

"그게 무슨 말이야?"

"나 다이치에게 한 번 차였어."

"정말?"

처음 듣는 말이다.

"응. 6월쯤이었나. 좋아하니까 사귀자고 고백했는데 거절당했어. 그땐 연애에 흥미가 없다고 하더라고."

"어머."

"그래서 왜, 우리 놀러 가서 관람차 탔을 때, 그때도 내가 고백했어. 그랬더니 좋아하는 사람이 있다고 하더라. 그래도 끝까지 포기가 안 돼서, 날 좋아하지 않아도 되니까 일단은 사귀어보자고 했지."

"우와. 대단하다."

뜻밖의 박력 넘치는 아야카의 모습에 미노리는 조금 당황했다. 아야카가 적극적으로 대시했다는 것도 놀라웠지만, 그 이상으로 다이치에게 좋아하는 사람이 있다는 사실이 의외였다. 그 말은 곧 다이치는 따로 좋아하는 사람이 있으면서 아야카와 사귀고 있다는 말이 된다. 당사자인 아야카가 그 사실을 알고 있으니 제삼자가 이러쿵저러쿵할 일은 아니지만 어쩐지 답답하다.

"그랬더니 그제야 마음을 받아줬어."

아야카는 그걸로 괜찮은가. 아니, 괜찮을 리가 없다. 지금 이렇게 슬픈 표정을 짓고 있는데. 그래도 다이치의 마음을 돌리기 위해 노력하고 있고 다이치도 가능한 한 그에 응하려고 하는 것 같았다. 그렇게 보였다.

"그런데 히라가가 좋아하는 사람이 누굴까."

"글쎄. 물어봐도 안 알려주니까. 더구나 본인 말에 의하면 절대로 자기 손이 안 닿는 사람인가 봐."

"뭐야, 그게. 더 궁금해지잖아!"

아이돌이나 연예인? 아니면 선생님? 유부녀? 당사자에게 실례인 걸 알면서도 무심결에 생각하고 만다.

"나도 알고는 싶지만, 그보다도 다이치가 날 좋아하게끔 노력해야지."

그런 긍정적인 아야카의 말에 가슴이 울컥했다.

"아야카라면 잘될 거야."

그저 격려의 말 외에는 미노리가 할 수 있는 게 없었다.

사랑은 어렵다. 만일 집 크기만 한 마음이 있다면 자신의 의지로 움직일 수 있는 건 분명 방 안에 있는 책상 서랍 하나 정도이지 않을까. 그러니까 당연히 누군가를 좋아하게 되는 건 통제할 수 없는 일이다. 내가 좋아하는 사람이 나를 좋아해주는 건 틀림없이 기적 같은 일이다. 아무리 마음에 담아도, 그 마음이 전해져도 상대의 마음을 얻지 못할 때도 있다. 세상에는 그런 슬픈 엇갈림이 밤하늘 별의 수만큼 있을 것이다. 언젠가 그 마음이 통하면 좋을 텐데. 미노리는 아야카의 행복을 진심으로 빌었다.

7

공기가 쌀쌀해진 가을의 어느 날, 미노리는 아야카의 집에 불려갔다. 보여주고 싶은 게 있다고 했다. 두 사람은 학교 안팎에서 함께 움직일 때가 많았으나 집에 초대받은 건 처음이었다. 미노리는 아야카의 방 앞에 잠시 서 있었다. 아마도 아야카는 방을 정리하고 있을 것이다.

3분 정도 기다리자 아야카가 문을 열며 말했다.

"이제 들어와도 돼."

"실례하겠습니다."

미노리는 살짝 긴장한 채로 들어섰다. 하늘색이 기본으로 깔린 근사한 방. 그게 첫인상이었다. 커튼과 카펫이 푸른 계열로 통일되어 있어 안정된 이미지였다.

"지저분해서 미안."

겸손의 말이다. 미노리 눈에는 충분히 깔끔하고 정리정돈이 잘된 방으로 보였다.

"아, 웃옷은 저기에 걸어둬."

"고마워. 그나저나 뭘 보여주고 싶은데?"

얇은 코트를 옷걸이에 걸며 미노리가 물었다.

"후후후. 오늘 보여주고 싶었던 건, 이 아이!"

어느 때보다 기분이 좋아 보이는 아야카가 한쪽에 자리한 작은 탁자 위를 가리킨다. 거기에는 투명한 케이지가 놓여 있었는데, 안에서 뭔가가 움직였다.

"악, 귀여워!"

작은 햄스터였다. 도도도 소리를 내며 쳇바퀴를 돌리고 있다.

"진짜 귀엽지?"

아야카가 우쭐대며 말했다.

"이거 큰일이네. 종일 쳐다볼 수 있겠다. 이름이 뭐야?"

"이름은 구로. 봐, 등 부분이 조금 검잖아('구로'는 일본어로 검정을 뜻한다). 얘 먹이 먹을 때 볼이 얼마나 사랑스러운 지. 분명 세상에서 제일 사랑스러울 거야."

아야카는 흥분해서 묻지도 않은 얘기까지 꺼낸다. 그 '팔 불출' 같은 모습에 미노리는 저도 모르게 웃음이 터졌다.

"그나저나 무슨 일이야? 갑자기 햄스터를 키우고."

여태 아야카에게서 반려동물을 키우고 싶다거나 하는 소리를 들은 적이 한 번도 없다. 그렇다면 어떠한 계기 같 은 게 있었나.

"가끔 지나가는 도로에 펫숍이 있는데, 유리창 쪽에 진 열된 케이지에 얘가 있었거든. 근데 눈이 마주쳤어. 귀여운 마음에 쳐다보고 있었더니 우연히 가게 밖을 청소하던 직 원이 말을 걸더라."

"어머. 직원은 영업 기회라고 여겼겠네."

"응. 아무튼 그 직원이 같은 시기에 들어온 햄스터 중에 서 얘만 안 팔리고 남았다는 거야. 그 얘길 듣고 나니까 얘 가 나한테 '데려가 줘'라고 말하는 소리가 들리잖아. 아, 이 게 운명인가 싶어서 데리고 왔지."

"아야카는 의외로 그런 데 잘 걸려드네."

그런 아야카도 좋아, 라는 말은 역시나 낯간지러워서 삼 켜버렸다.

"인간미가 넘친다고 표현해줄래?"

그 뒤로 미노리와 아야카는 많은 이야기를 나누었다. 아야카는 변함없이 다이치와의 관계로 고민하는 듯했다. 다이치와 아야카는 언뜻 보기에는 이상적인 커플처럼 보이지만 그 안에 조금 복잡한 사정이 있다는 사실을 미노리도 지난번 이야기를 통해 알고 있었다.

"뭔가, 그냥, 다이치도 여러 가지로 다정하게 대해주는 건 아는데."

아야카는 조용히 한숨을 내쉰다.

"역시 문득 이 사람이 좋아하는 사람은 내가 아니지, 그런 생각을 하게 돼."

"응……."

잠시 구로가 쳇바퀴를 도는 소리만이 방에 울려 퍼진다.

"애초에 지금의 관계도 내가 막무가내로 밀어붙여 부탁한 거니까. 이 이상 바라면 내가 너무 이기적인 사람이 아닌가 하는 생각도 들고."

우울해하는 아야카를 보고 있자니 미노리도 괴로웠다. 그렇다고 다이치를 탓하는 것도 이치에 맞지 않는다. 그에게 아야카를 좋아해달라고 말할 수 있는 문제가 아니다. 왜 이렇게 마음처럼 잘 풀리지 않을까. 아무런 힘이 못 되는 자신의 처지가 속상했다. 헤어지는 편이 두 사람 모두 편안해지는 길이 아닐까? 그렇게 생각한 적도 있다. 하지만 미노리는 결코 그 생각을 입 밖에 내지 않았다. 그건 본인들이 결정할 일이다.

"자, 이 이야기는 끝! 이번엔 미노리 차례야."

아야카가 어두운 분위기를 날려버리듯 손뼉을 치며 말했다.

"갑자기?"

이 빠른 태세 전환도 아야카의 장점 중 하나다.

"구로타키와는 어때? 가장 최근에 한 데이트는?"

방금까지와는 전혀 다른 표정으로 아야카는 마이크를 건네는 제스처를 취하며 즐겁게 질문해왔다. 그로부터 약 한 시간 동안 미노리는 아야카의 질문 공세를 받았다. 이런 저런 이야기를 털어놓은 후에야 겨우 해방되어 그날은 그렇게 마무리했다.

미노리는 그 이후로 몇 번인가 아야카의 집에 놀러 갔다. 둘이서 구로를 귀여워하며 하염없는 수다를 나누는 시간이 너무 즐거웠다. 오물오물 먹이를 먹는 구로도 사랑스러웠지만, 그 모습을 바라보는 아야카의 무장해제된 표정도 그에 못지않게 사랑스러웠다.

8

유야가 동아리 활동 때문에 늘 바빠서 그다지 연인다운 데이트는 하지 못했다. 하지만 자신을 좋아해주는 사람이 이 세상에 있다는 사실만으로도 미노리는 기뻤다. 유야와 교제를 시작한 후로 주고받는 메시지와 대화의 빈도가 높아졌다. 유야의 동아리 활동이 끝날 때까지 미노리가 도서실에서 기다렸다가 함께 집에 가거나, 휴일에 둘이서 외출하는 일도 가끔 있었다. 그러나 겉으로 보기에는 지금까지 해왔던 일들과 별반 다르지 않았다. 두 사람의 관계는 아직 소꿉친구의 연장선에 있었다.

그런 잔잔한 관계에 변화가 찾아온 건, 사귀고서 맞이하는 첫 크리스마스였다. 이날 두 사람은 옆 도시의 대형 쇼핑몰로 나갔다. 나란히 걸으며 아이쇼핑을 즐기고 조금 비싼 패밀리레스토랑에서 식사도 했다. 그 후 보려고 했던 영화는 이미 좌석이 꽉 차서 다른 인기 없는 영화를 봐야 했지만 그게 예상과 달리 재밌었다.

"그런대로 재밌네."

"그러게. 운이 좋았어."

"이게 바로 기다리면 복이 온다는 거군."

고등학생 커플다운 모범적인 크리스마스를 보내는 것 같았다. 아주 평범하고 단순한 데이트지만 소중한 사람과 보내는 하루는 그만큼 특별했다. 크리스마스인 만큼 주변에도 커플이 많았다. 행복한 분위기가 거리에 온통 감도는 듯했다. 어쩌면 단지 미노리가 행복한 건지도 모른다. 영화를 다 본 두 사람이 게임센터에서 지갑 사정을 신경 써가며 인형 뽑기에 열중하는 사이 시간은 저녁 6시를 넘어가고 있었다. 거리가 더 붐비기 전에 조금 이른 저녁을 먹고 집에 가기로 했다.

두 사람은 손을 잡고 차가운 겨울 하늘 아래를 걸었다.

어느새 나란히 걸을 때면 자연스레 깍지를 끼게 되었는데, 그게 견딜 수 없이 기쁘다. 12월의 추위는 매서워 내뱉는 숨을 뿌옇게 만든다.

"들렀다 갈까?"

유야가 공원 쪽을 보며 말했다. 미노리도 가만히 고개를 끄덕였다. 잡은 손에서 유야의 체온이 전해진다. 같은 간격으로 줄지어 서 있는 나무 벤치가 한 군데 비어 있어 두 사람은 그곳에 앉았다.

"잠시만 기다려 봐."

미노리를 벤치에 남겨두고 유야는 근처 자동판매기에서 코코아와 블랙커피를 뽑아 왔다.

"뭐 마실래?"

"이거. 고마워."

미노리는 코코아를 고른다. 꽁꽁 얼어붙은 손으로 캔 뚜껑을 열어 입으로 가져간다. 따뜻하고 달콤한 액체가 미노리의 몸을 안에서부터 천천히 데워간다. 하지만 몇 초 후바깥 공기가 다시 몸을 식혀버린다. 유야는 캔을 핫팩 대용으로 쥐며 손바닥을 데우고 있다. 입까지 목도리를 파묻고 있는 그 옆모습을 시야 한쪽에 몰래 담는다.

지금이라면 확실하게 말할 수 있다. 유야를 좋아한다. 친구가 아닌 한 남자로. 친구로서 '좋아한다'와 남자로서 '좋아한다' 사이에 경계선이 있을까. 있다면 자신은 언제 그 경계선을 넘었을까. 모르는 사이 시작된 첫사랑이 너무너무 사랑스러워서 미노리는 이 마음을 소중히 여기고 싶었다.

"나 그것도 마셔보고 싶어."

유야가 들고 있는 블랙커피를 보며 미노리가 말했다.

"쓸 텐데."

"못 마시겠으면 돌려줄게. 자, 내 코코아 마셔."

반강제로 두 사람의 음료를 교환한다. 미노리는 반쯤 남은 커피 캔을 입에 가져가 기울인다.

"맛있는데?"

유야가 말한 대로 쓰긴 해도 맛은 좋았다.

"으, 달아."

마찬가지로 코코아를 마신 유야가 중얼댄다. 미간에 주름이 졌다.

"아."

무심코 소리를 낸 미노리다.

"왜 그래?"

유야가 쳐다본다.

"간접 키스."

장난스레 웃으며 말했다. 크리스마스라는 특별한 이벤트가 미노리를 적극적으로 만들었다.

"새삼스레 무슨 말이야. 옛날에 많이 했잖아."

분명 간접 키스 정도는 초등학교 때 여러 번 했다. 그러니 틀린 말은 아닌데, 가로등에 비친 그의 얼굴이 붉어진 것을 미노리는 알아챘다.

"직접…… 하고 싶어."

유야와 사귄 지도 반년이 지났지만 두 사람은 아직 키스를 한 적이 없었다. 남자친구가 있는 같은 반 여자애들이 그런 이야기를 할 때마다 가끔 부러웠다.

유야가 가만히 얼굴을 기울였다. 마음이 움직인 걸까. 미노리는 그제야 부끄러워져 유야를 똑바로 쳐다보지 못했다. 미노리가 말을 꺼내고 10초쯤 지났을 때, 유야의 오른손이 미노리의 왼쪽 뺨에 닿았다. 서늘한 감촉. 뺨의 온기가 유야의 손으로 넘어가는 게 느껴졌다. 두 사람은 그대로 가만히 서로를 쳐다본다.

"미노리……."

심장이 터질 것 같다. 살면서 느껴본 적 없는 무언가가 몸 안을 돌아다닌다. 눈물이 나올 것 같다. 유야가 이름을 불러주었다. 초등학생 때 이후로 처음이었다. 하지만 어릴 때와는 다른 감정이 이름을 부르는 그 목소리에서 선명히 느껴졌다. 연인의 얼굴이 다가온다. 분명 어릴 때부터 봐온 익숙한 얼굴인데도 심장이 엄청나게 빠른 속도로 뛰었다.

입술과 입술이 닿기 직전, 미노리는 눈을 감았다.

"코코아와 커피 맛이 나."

무뚝뚝한 표정으로 유야가 말한다. 그게 유야가 쑥스러움을 감추기 위해 짓는 표정임을 알고 있었다.

"바보."

미노리와 유야 사이에 움튼 작은 사랑은 무서울 정도로 순조롭게 성장하고 있었다. 앞으로 더욱 멋진 일이 기다리고 있음을 미노리는 믿어 의심치 않았다.

제5장

이 사랑만큼은
영원히 가슴에 품고 싶었어

1

○

그 이후 미노리의 고교생활은 모든 게 순조로웠다. 학교 축제와 수학여행은 즐거웠고 학년이 올라갈 때마다 새로운 친구가 늘었다. 공부는 힘들었지만 나름대로 열심히 했다. 유야와는 이곳저곳 데이트를 하며 다양한 이야기를 나누었다. 희망과 반짝이는 빛으로 가득 넘치는 일상은 드라마나 만화 속에 있을 법한 동경하던 고교생활 그 자체였다. 매일매일 즐거운 일들뿐이라 시간은 순식간에 지나갔다. 불안으로 가득했던 미노리의 고교생활은 상상했던 것보다도 훨씬 근사했다.

하루미야고등학교에서의 3년을 마무리하고 다들 대학생이 되었다. 미노리는 현 내의 국립대학에 진학했다. 미래에 하고 싶은 일을 구체적으로 정한 건 아니었지만 아이들을 좋아한다는 단순한 이유로 교육학부를 선택했다. 유야는 사립대학의 공학부로 진학해 까다로운 내용을 배우고 있다. 수업에 사용되는 숫자나 어려운 물리 교재를 본 적이 있는데 미노리는 하나도 이해가 안 됐다. 쓰여 있는 말이 도저히 모국어라는 생각이 안 들었다. 미분이나 적분 같은 단어는 듣기만 해도 짜증났다.

미노리도 유야도 본가에서 통학하고 있었다. 학교가 달라지자 고등학생 때처럼 매일 얼굴을 볼 수는 없었다. 그래도 옆집이라 바로 만날 수 있는 거리에 있다는 사실이 큰 안정감을 주었다.

대학생이 되고 일주일쯤 지난 4월 중순. 아야카에게서 전화가 걸려 왔다.

"여보세요, 아야카?"

"미노리, 내일, 자러 가도 돼?"

아야카의 목소리는 조금 젖어 있었는데, 미노리는 그 소리만으로도 아야카가 전화한 이유를 어쩐지 알 것 같았다.

다음 날은 토요일이라 미노리도 딱히 일정이 없었기에 아야카의 부탁을 흔쾌히 들어주었다. 아야카는 다른 도시에 있는 대학의 경제학부에 들어가 올봄부터 자취 중이다. 마지막으로 만난 게 3월 말, 아야카가 이사하기 직전이었다. 아야카는 가족과 친구가 없는 곳으로 갔는데도 불안해하지 않고 대학에서의 새로운 생활을 즐기고 있는 듯 보였다. 오히려 쓸쓸한 건 아야카와 헤어진 미노리 쪽이다.

전화를 한 다음 날 아야카는 선물을 사 들고 미노리 집에 묵으러 왔다.

"미노리, 오랜만이야!"

현관에서 맞이하자마자 아야카가 미노리를 부둥켜안았다. 감귤 계열의 기분 좋은 향이 콧속을 간질였다.

"오랜만이네."

고등학교 졸업식이 끝난 지 아직 한 달도 안 됐지만 반가운 마음이 앞섰다.

검은 블라우스에 회색 플레어스커트. 언뜻 보기에는 수수한 모노톤 차림이지만 세련되었다. 그리고 변함없이 스타일이 좋다. 짧게 자른 머리칼을 갈색으로 염색하고 모발 끝에 자연스러운 컬을 넣었다. 대학생이 된 아야카는 그 매력적인 용모를 더욱 갈고 닦았다. 미노리는 2층에 있는 자신의 방으로 아야카를 안내했다. 올라가는 도중에 남동생 쓰바사와 마주쳤다.

"안녕. 실례 좀 할게."

중학교 1학년이 된 쓰바사는 갑작스러운 예쁜 여성의 등장에 긴장했는지 아야카의 인사에 "아, 네⋯⋯." 하고 중얼거리며 자기 방으로 휙 들어갔다.

미노리 방에서 아야카가 사 온 고급 케이크를 나눠 먹으며 아야카는 떠듬떠듬 말을 꺼냈다.

"있잖아⋯⋯ 나, 다이치랑, 헤어졌어."

예상했던 내용이었다. 하지만 정말이지 미노리의 예상이 틀리길 바랐다. 그런 얘기가 아닐 수도 있다는 기대를 품고 있었던 탓에, 아야카 본인의 입을 통해 헤어졌다는 소식을 듣자 미노리는 제법 충격을 받았다. 아야카는 다이치를 좋아하지만 다이치는 아야카가 아닌 다른 사람을 좋아한다. 그런 어그러진 관계지만 언젠가는 두 사람이 같은 마음이 되기를 미노리는 바라고 있었다. 아야카는 그대로 쭉 다이치를 좋아하고 다이치도 이래저래 한결같은 아야카를 좋아하게 되는. 그래서 두 사람은 계속 함께일 거라고 낙관적으로 생각했다. 아야카도 다이치도 행복하길 바랐다. 그러나 현실은 그렇게 호락호락하지 않은 법이어서 바라는 그대로는 이루어지지 않고, 그래서 실망은 커지게 된다.

"그랬구나."

미노리는 작은 소리로 대답했다.

그렇게 약해진 아야카를 보는 건 처음이었다. 아야카는 늘 자신감이 넘쳤고, 언제나 씩씩하고 적극적이었다. 그런 그녀가 지금 몸을 웅크리고서 두 눈에 눈물을 그렁그렁 담고 있다. 그녀가 이렇게 우울해하는 모습을 미노리는 지난 3년 내내 한 번도 본 적이 없었다. 그만큼 아야카에게 히라가 다이치라는 사람은 큰 존재였다.

"역시, 나를 좋아할 수가 없대. 나는 그래도 상관없다고 했는데, 걔는 미안해서 안 되겠대."

"그랬구나."

"학교도 멀어졌으니 이참에 그만 헤어지자고……."

"응."

"3년을 함께했으면서…… 끝내 안 됐어."

아야카의 눈가로 넘쳐흐른 눈물 한 방울이 방 안의 조명 불빛에 반사되어 보석처럼 반짝였다.

"……응."

네 탓이 아냐. 미노리는 그렇게 말하고 싶었지만, 그런 말은 의미가 없음을 느끼고 관두었다. 지금 아야카가 가장 바라는 건 가벼운 위로의 말도 무신경한 격려의 말도 아니다. 속에서 소화되지 못한 감정을 받아줄 누군가의 존재다. 그렇다면 자신이 그 존재가 되어야만 한다. 미노리는 그렇게 생각했다. 미노리는 맞장구를 쳐가며 두서없는 아야카의 말을 듣고 있었다. 눈물 젖은 목소리를 들으면서 만일 자신이 이와 같은 상황이었다면 어땠을까 하고 상상했다.

유야에게 좋아하는 사람이 있고, 그런 그를 자신이 좋아하게 된다. 미노리라면 분명 유야에게 좋아하는 사람이 있음을 알게 된 그 시점에서 포기하고 말겠지. 유야의 행복을 바라면서도 자신의 마음과 타협하지 못한 채 실연의 상처를 질질 끌고 갈 것이다. 쉽게 상상이 되었다. 그래서 유야가 자신을 아껴주는 행복을 마음껏 음미하며 소중히 대해야겠다고 생각했다. 그와 동시에 그토록 다이치를 좋아하는 아야카가 부러웠다. 3년이란 결코 짧지 않은 시간이다. 그 시간 동안 한 사람을 그토록 강렬하고 순수하게 좋아할 수 있는 건 대단히 멋진 일이라고 생각한다.

하지만 아무리 간절하게 빌어도 닿지 않는 마음이 있나 보다. 다이치에게는 도저히 손이 닿지 않음을 알면서도 좋아하는 사람이 있다. 어쩌면 아야카와 사귀는 것으로 이루어지지 않는 자신의 사랑을 단념하려 했을지도 모른다. 히라가 다이치는 성실한 사람이다. 적당한 마음으로 대충 사람을 사귈 남자는 아니다. 자신을 좋아한다고 말해주는 사람과 분명 온전히 시선을 마주했을 것이다. 그런 다이치의 따뜻함이 오히려 아야카에게 상처를 주고 말았다. 3년이라는 시간은 다이치를 향한 아야카의 사랑을 더욱 부풀게 하기에 충분했다.

아야카는 눈물을 흘리며 이야기를 이어갔다. 히라가 다이치의 좋은 점과 싫은 점. 같은 이야기를 몇 번이나 오가던 그녀는 "좋아했다"라는 말로 끝을 맺었다.

"미노리, 들어줘서 고마워."

아야카는 울음을 멈춘 후 그렇게 말하며 웃었다.

"별말씀을."

"새로 좋아하는 사람이 생기면 말할게."

그 말은 끙끙 앓지 않고 앞으로 나아가겠다는 강한 결의이자 다이치는 이제 단념하겠다는 의지의 표명이었다. 미노리에게 속마음을 전부 털어놓음으로써 아야카는 하나의 사랑에 매듭을 짓고자 했다. 물론 3년간 한결같이 마음에 품어온 사람을 쉽게 잊을 수는 없을 것이다. 그래도 아야카는 분명히 앞을 향해 나아가려 하고 있었다.

엄마가 차려준 평소보다 풍성한 저녁을 먹고 날짜가 넘어갈 때까지 두 사람은 이야기를 나눴다.

"참, 구로는 잘 지내?"

아야카는 자취를 시작하면서 키우던 햄스터 구로도 새 집으로 데려갔다.

"엄청 잘 지내. 변함없이 귀엽고!"

"여전히 팔불출이네."

"그렇지. 참! 다음에 우리 집에 놀러 와. 구로도 보고."

"좋지! 가고 싶어!"

그 뒤로는 일상적인 이야기를 쉴 새 없이 이어갔는데, 어쩐지 고교 시절로 돌아간 듯한 기분이 들었다. 졸업한 지 아직 한 달밖에 안 지났는데도 벌써 그 시절이 그리웠다.

다음 날 일요일, 미노리와 아야카는 함께 쇼핑을 나섰다.

"미안. 모처럼 쉬는 날인데 나 때문에 데이트도 못 하고."

"아냐. 가끔 이렇게 아야카와 하는 데이트도 즐거워."

"그렇게 말해줘서 고마워. 네가 참 좋다!"

미노리보다 키가 큰 아야카가 머리를 쓰다듬는다.

"그리고 유야, 오늘 아르바이트야."

"어머. 무슨 아르바이트인데?"

"음, 아르바이트라기보다는 거의 자원봉사지. 우리 중학교 육상부 코치."

"맞다. 그러고 보니 중학교 때 다이치도 구로타키와 같은 동아리였지……."

아야카의 목소리가 어두워진다.

"아, 미안."

"아냐. 방금 건 내 자폭. 아, 저 가게 괜찮겠다. 들어가보자!"

아야카가 억지로 밝은 척하는 모습을 미노리는 모른 척 굴었다. 두 사람은 이곳저곳을 돌아다니며 몇 벌의 옷을 구매했다. 대학생이 되니 거의 매일 사복을 입는다. 고등학생처럼 교복이 없어서 정기적으로 새로운 옷을 사야 한다. 미노리는 그게 즐거우면서도 성가셨다.

아야카와 시간을 충실히 보내고 나니 어느새 밤이 되어 있었다.

"즐겁게 잘 놀았어. 또 놀자. 황금연휴 때쯤 아마 집에 올 거야."

개찰구 앞에서 아야카가 말했다.

"좋아. 또 놀자."

"그럼 간다."

아야카는 손을 흔들며 개찰구를 빠져나갔다. 평소와 다름없는 심지 굳은 대학생으로 돌아와 있었지만, 틀림없이 그녀의 마음속은 아직 정리되지 않았을 것이다. 분명 미노리가 걱정할까 봐 괜찮은 척하려 애쓰고 있었겠지. 아야카의 멀어지는 뒷모습을 바라보는 미노리는 괜히 마음이 찡하다.

2
○

아야카와 만난 그다음 주, 미노리와 유야는 카페에서 만나 각자 과제를 하고 있었다.

"맞다, 아야카와 히라가 헤어진 거 같던데."

대화 중간에 미노리는 조심스레 이야기를 꺼냈다.

"그런가 봐."

무뚝뚝한 말투다. 유야가 잘못한 것도 아닌데, 조금 화가 났다.

"히라가한테 무슨 말 못 들었어?"

다이치가 좋아한다는 그 사람의 정체를 유야는 알고 있지 않을까. 그런 생각에 미노리가 물었으나.

"뭐, 그 녀석에게도 이런저런 일이 있는 모양이야."

유야의 대답은 긍정도 부정도 아니고 어중간했다.

"그보다 디저트 안 먹을래?"

유야는 어색하게 화제를 바꿨다.

"그럼 나는 이 파르페 먹을래."

테이블에 놓여 있는 삼각기둥 모양의 메뉴판을 가리키며 미노리가 말했다.

"바로 답하네. 먹고 싶었구나."

"아, 아니거든!"

결국 아야카와 다이치에 관한 이야기는 흐지부지 마무리되고 말았다. 설령 유야가 자세히 알고 있다고 해도 미노리에게 알려주지 않을 것이다. 유야는 친구에 대한 의리가 강했다.

대학 생활은 익숙해지자 무척 즐거웠다. 자유가 생기고 행동 반경이 눈에 띄게 넓어지면서 지금껏 못 했던 일들을 할 수 있게 되었으며 몰랐던 것을 많이 알게 되었다. 동아리는 들지 않았고 대학 근처 서점에서 아르바이트를 시작했다. 혼자서 대학가의 카페를 돌아다니고 수업이 없는 날에는 종일 만화카페에서 보내기도 했다. 아야카와 함께 좋아하는 가수의 콘서트에 가기도 했다. 물론 유야와도 다양한 곳을 다녔다. 유야가 운전면허를 딴 뒤로는 차로 외출하는 일도 생겼다. 스무 살이 되고서부터는 술도 마셨고 1박 2일로 유야와 여행도 갔다. 남들처럼 충실한 대학 생활을 보낸 것 같다. 4학년이 되면서는 예외 없이 취직 활동이 시작되었다. 이력서 작성이나 면접은 생각했던 것보다 훨씬 더 정신적으로 힘들었다.

유야에게 이변이 생긴 건 4학년 여름 무렵이었다. 생각해보면 이때부터 비극을 향한 카운트다운이 시작되었던 것 같다. 이변이라고 했지만 그렇게까지 큰 문제는 아니었다. 그저 미노리가 불러도 멍한 상태로 반응이 없거나 갑작스레 어두운 표정을 보이는 정도였다. 하나하나만 보면 사소한 일이었지만 그런 일이 단기간에 몇 번씩 반복되니 아무래도 걱정되었다.

"요즘 왜 그래? 너 이상해."

미노리는 용기 내어 물었다.

"이상하긴, 아냐."

그렇게 대답하는 목소리도 꼭 뭔가를 숨기려는 사람 같아서 미노리는 더욱 불안해졌다. 다른 여자를 좋아하게 된 걸까. 그런 최악의 억측도 했지만 유야에게서 느껴지는 위화감은 그런 종류의 것이 아니었다. 그리고 유야는 절대로 자신을 배신하지 않을 사람이라고 믿고 있었다. 그러나 유야가 뭔가를 숨기고 있는 건 틀림없어 보였다. 미노리의 불안은 깊어져만 갔다. 지금보다 훨씬 앞을 보고 있는 듯했고, 어쩌지 못하는 무언가를 받아들이려고 하는 느낌이었다. 그래. 그 모습은 마치 **자신이 곧 사라질 것을** 미리 알고 있는 사람 같았다. 신경이 안 쓰인다고 하면 거짓말이지만, 아무리 연인 사이라도 말하고 싶지 않은 일도 있을 테니 미노리도 억지로 알려달라고 조르지는 않았다.

3
○

시간의 유속을 실감하는 대학교 4학년 가을. 앞으로 반년도 안 돼 사회인이 된다는 사실이 믿기지 않는다. 미노리는 이미 유치원에 취직이 확정된 상태다. 유야는 대학원에 진학할 계획이라 졸업 연구 외에도 기업과의 공동 연구로 바빴다. 그런 일상의 틈을 비집고서 미노리와 둘만의 시간을 만들어주는 유야가 고마웠다.

여름 무렵부터 상태가 이상해 보였던 유야는 평소의 모습으로 돌아오고 있었다. 하지만 여전히 가끔 어떤 생각에 잠긴 듯 가만히 있을 때가 있다.

졸업을 위해 필요한 일들은 이제 거의 마쳤다. 남은 건 졸업 논문 제출 정도다. 일주일에 한 번 있는 세미나 외에는 강의도 없고, 소속된 동아리도 없어 여유로웠다.

미노리는 그날도 오전 중에 도서관에서 자료를 찾은 뒤 오후에 학교를 나섰다. 울긋불긋하게 물든 나무들을 구경하며 역까지 걸어갔다. 평일 낮이라 한적했다. 몇 분이면 대학 근처 역에 도착한다. 구름 한 점 없는 푸른 하늘에서 부드러운 햇살이 내리쬐고 있었다. 날씨가 좋다. 집에 돌아가도 딱히 할 일이 없어 밖에서 책을 읽기로 했다. 역 앞 공원의 벤치에 앉아 읽다가 만 책을 펼친다. 기분 좋은 기온과 적당한 잡음 덕분에 집중이 잘 되어서인지 어느새 한 시간이 훌쩍 지났다.

끊기 좋은 곳까지 읽고 책갈피를 끼운다. 이제 집에 가야겠다. 길을 오가는 사람들을 바라보며 일어서려던 그때.

"거기 책 읽는 귀여운 여자분, 혼자야?"

남자가 말을 걸어왔다.

굉장히 경박스러운 대학생으로 보이는 청년이다. 머리칼이 부자연스럽게 길었고 어울리는 사람이 썼다면 세련됐을 디자인의 안경을 쓰고 있었다.

"아뇨, 저……."

미노리는 당황해서 시선을 돌린 채 거절 신호를 보냈다. 이런 일은 고등학생 때도 몇 번 있었는데, 그때마다 함께 있던 아야카가 모두 단호하게 막아줬다. 그러나 지금은 옆에 그녀가 없다.

"배 안 고파? 밥 먹으러 갈래? 내가 사줄게."

"아뇨. 됐습니다."

순간 고등학교 2학년 때 절묘하게 안 어울리는 옷차림만 골라 입은 두 남자를 격퇴한 후 아야카가 했던 말이 떠오른다.

'저런 놈들은 개수작에 약한 모습을 보이면 더 집요해지니까 가차 없이 끊어내야 해.'

아는데도 막상 상황에 맞닥뜨리니 목소리가 안 나온다.

"그러지 말고 같이 가서 먹자. 내가 맛있는 팬케이크 집 알거든."

남자의 손이 미노리의 어깨에 닿는다. 소름이 돋았다. 기분이 더러워진다.

"아뇨, 저기…… 미안하지만, 이 손…… 좀."

금방이라도 꺼질 것 같은 가냘픈 목소리밖에 안 나온다. 이래서는 안 되는데. 몸이 얼어붙은 미노리는 시선을 떨궜다. 머리가 새하얘져서 무슨 말을 해야 좋을지 몰라 허둥대던 그때.

"저기요."

익숙한 목소리가 귀에 닿았다.

"싫어하니까 그만하세요."

단조롭고 차가운 느낌인데 어딘가 부드러움도 담겨 있는 듯한 신기한 매력이 있는 목소리다. 긴장하고 있던 신경이 갑자기 느슨해졌다.

"뭐야, 넌 뭔데?"

어깨에 올려져 있던 손의 감촉이 사라진다.

시선을 올리자 옛 동창이 서 있었다.

"히라가?"

"다시 한번 말할게요. 싫어하는 사람 붙잡고 이 이상 집요하게 굴면 경찰 부르겠습니다."

다이치는 미노리의 부름에 대답하지 않고 남자를 쳐다

보며 말했다. 반론은 생각지도 못하게 만드는 단호한 말투. 조금 전보다 목소리가 커지자 주변 사람들이 이쪽으로 시선을 던지기 시작했다. 남자는 머쓱해졌는지 괜히 다이치의 어깨를 퍽 치고는 혀를 차면서 빠른 걸음으로 사라졌다. 미노리를 감싸듯 서 있던 다이치는 안도하며 숨을 내쉬었다.

"괜찮아?"

돌아본 다이치에게는 고교 시절의 이지적인 모습이 남아 있었다.

"고, 고마워."

미노리는 먼저 도와준 것에 대한 감사 인사를 했다.

"별말씀을."

다이치는 살짝 웃어 보였다.

"어, 그게, 오랜만이야."

유야에게 가끔 소식은 전해 들었지만 직접 만나는 건 고등학교 졸업 이후 처음이었다.

"응, 오랜만이네."

"여긴 어쩐 일이야?"

"근처에 볼일이 있어서. 집에 가려는데 때마침 곤란해 보이는 지인을 발견했지 뭐야. 야나기바도 집에 가는 길?"

"응."

미노리와 다이치는 흔들리는 전철 안에서 서로의 근황을 나누었다. 고등학생 때 우수한 성적을 유지했던 다이치는 명문 국립대학에 진학했다. 유야와 마찬가지로 대학원에 진학하기로 한 모양이다. 둘은 같은 역에서 내렸다. 다이치도 아직 본가에 사는 듯했다.

"자 그럼, 나는 여기서 이만."

개찰구를 나오자 다이치가 미노리의 집과는 반대 방향으로 걸어가려고 한다.

"저기, 잠깐만."

미노리는 그를 순간적으로 불러세웠다. 아까 일로 불안해서 그런 것도 조금은 있다. 그러나 가장 큰 목적은 유야에 관해 묻는 것이었다.

"잠깐 시간 돼?"

의아해하는 다이치에게 미노리가 물었다.

미노리와 다이치는 역 근처 카페에 들어갔다. 잔잔한 음악과 여유로운 공간이 편안한 분위기를 조성하는 카페였다. 다이치는 커피에 설탕을 많이 넣었는데, 어쩐지 평소 이미지와 다르다는 생각이 들었다.

"그래서, 무슨 일이야?"

보기에도 달아 보이는 커피를 한 모금 마시며 다이치가 물었다.

"실은 말이야, 최근에 유야가 조금 이상해서."

"유야가?"

"응."

"어떻게 이상한데?"

"표정이 어둡다고 해야 하나, 멍하니 생각에 잠기는 일이 잦아."

"잉? 그 녀석이……?"

다이치는 의아한 표정으로 말했다. 상상이 잘 안 되는 모양이다.

"히라가는 유야한테 뭐 들은 얘기 없어?"

"글쎄…… 얼마 전에 그 녀석이랑 한잔했는데 평소와 다름없이 바보 같았어."

"말이 심하다. 뭐, 바보 맞지만."

노골적인 평가에 무심코 웃음이 터진다.

"야나기바는 유야 좋아하지?"

"어? 응."

다이치의 직설적인 질문에 쑥스러워하면서도 긍정한다.

"그럼 됐어. 유야는 좋은 녀석이니까. 절대로 야나기바를 배신하는 짓은 안 해. 머지않아 평소대로 돌아올 거야."

그렇게 단언하는 다이치의 표정은 자신만만했는데, 미노리는 그런 둘의 관계가 부러웠다. 더불어 다이치에게 약간의 질투도 났다.

"그러겠지. 고마워."

"앞으로도 유야 잘 부탁해."

정중하게 고개를 숙이는 다이치가 웬지 이상했다.

그로부터 몇 분도 지나지 않아 두 사람은 가게를 나왔다.

사양하는 다이치를 막무가내로 설득해 미노리가 커피값을 냈다. 위험한 상황에서 구해준 데다 이야기도 들어줬으니 당연하다. 아야카와는 왜 헤어졌어? 좋아하는 사람이 누군데? 그런 것도 묻고 싶었지만 너무 파고드는 건 좋지 않다. 역효과를 낼 수도 있으니까. 그리고 물어봤자 달라지는 건 없다고 생각했다.

다이치의 말대로 유야는 어두운 표정을 보이거나 멍하니 있는 빈도를 서서히 줄여가더니 겨울이 될 무렵에는 평소다운 모습으로 돌아와 있었다. 한때 무슨 일이 있었던 것은 분명한데, 당사자가 입을 열지 않는다면 그걸로 됐다 싶었다.

4
。

미노리 인생의 가장 행복한 날이 찾아온 건 무사히 대학을 졸업하고 사회인이 된 지 1년째 되는 여름, 유치원 일도 익숙해졌을 무렵이었다. 유야와 사귄 지 정확히 8년째 되는 기념일이다. 미노리는 퇴근하자마자 유야의 차에 올라탔다. 이날은 한 달 전부터 약속한 데이트가 있는 날이다.

"이제 어디 가는지 알려줘."

안전벨트를 매며 미노리가 물었다. 사실 미노리는 이날의 행선지를 몰랐다. 어디로 가는지 몇 번이나 물었는데도 유야는 알려주지 않았다.

"아직 안 돼."

"뭐야."

"도착하면 알게 돼."

아무래도 고집불통처럼 끝까지 안 알려줄 모양이다.

"알았어. 그 대신 기대할 거야."

미노리는 단념한 후 조수석 등받이에 몸을 기댔다.

"응. 마음껏 기대해."

좋아하는 음악을 들으며 창에 비치는 낯선 풍경을 바라보면서 그대로 차에 몸을 맡긴다. 한 시간 남짓 걸려 도착한 곳은 해변이 가까이 보이는 공원이었다. 물결 위로 석양이 비쳐 아름답게 빛나는 바다가 미노리의 눈앞에 펼쳐졌다.

"우와, 굉장하다……."

근사한 풍경에 미노리는 말을 잃었다. 그때 뒤에서 걸어온 유야가 미노리 곁에 나란히 섰다.

"미노리, 우리 결혼하자."

"어?"

파도 소리가 커서 잘못 들었나. 점심엔 파스타 먹자. 이따가 TV에서 하는 영화 같이 보자. 일상에서 주고받을 법한 말투로 그가 말했다. 너무나도 자연스러워서, 미노리는 순간 자신이 꿈속에 있는 건 아닌지 의심했다.

"손, 줘봐."

유야가 미노리의 왼손을 붙잡고 약지에 반지를 끼웠다. 그제야 겨우 조금 전의 프러포즈가 잘못 들은 게 아님을 실감했다.

"이거, 꿈이지?"

"꿈 아냐."

"몰래카메라지?"

"뭐? 그 반지 얼만 줄 알아? 바보."

"바보라고 말한 사람이 바보거든."

"그럼 반지 돌려줘."

"뭐야, 진짜. 싫어. 내 거야!"

미노리는 왼손 약지에 막 끼워진 반지를 꽉 움켜쥔다.

"그럼…… 좋다고 대답한 거다?"

"응. 잘 부탁해."

"다행이다."

안심한 듯 숨을 내쉬며 유야는 그 자리에 주저앉는다. 긴장을 많이 했나 보다. 대학교 4학년 때 유야의 모습이 이상했던 이유가 결혼 문제 때문이었나. 미노리는 그렇게 결론 내리고서는 멋대로 납득했다.

"반드시 행복하게 해줄게."

다시 일어난 유야가 미노리와 눈을 마주치며 말했다. 가슴이 걷잡을 수 없이 벅차올라 미노리는 유야를 껴안았다. 사랑하는 사람의 품에 안겨 행복에 둘러싸인 기분을 만끽한다.

"사랑해, 유야."

미노리는 이날을 평생 잊을 수 없을 것이다.

"만일 다른 인생이 있다고 해도 나는 분명 유야를 좋아하게 될 거야."

미노리를 껴안은 유야의 팔에 살짝 힘이 들어갔다.

5

유야가 미노리에게 프러포즈를 하고 석 달 후, 두 사람은 결혼식을 올렸다.

갓 사회인이 된 미노리와 대학원생 신분인 유야였기에 금전적인 여유는 없었지만 양가 부모님이 도움을 주었다. 어릴 때부터 서로의 자녀를 속속들이 알던 두 어머니는 "미노리라면 안심이 돼.""아유, 유야를 사위로 맞이하다니, 정말 잘됐지." 하고 웃으며 이야기를 나누었다.

마침내 미노리와 유야의 예식이 거행된다. 미노리가 순백의 웨딩드레스를 입고 버진로드 위를 걸어간다. 친척과 친구들 앞에서 두 사람은 사랑을 맹세한다. 변하지 않는 것은 분명 이 세상에 없겠지만 그래도 유야와의 사랑만큼은 영원히 가슴에 품고 싶었다.

"자, 이제 맹세의 키스를."

신부님의 말에 미노리와 유야는 서로 마주 보았다. 유야의 얼굴이 천천히 다가온다.

입술과 입술이 닿기 직전,

"행복하게 해줘, 유야."

미노리는 그에게만 들리는 목소리로 말하며 그대로 눈을 감았다.

식이 무사히 끝난 뒤 피로연이 열렸다.

대학 동창과 직장 동료는 물론이고 중·고등학교 친구들도 여러 명 참석했다. 다이치와 아야카도 그 자리에 있었다. 두 사람이 자연스럽게 이야기를 나누는 모습을 보자 미노리는 기뻤다. 연애라는 한정된 형태가 아니더라도 두 사람이 서로 존경할 수 있는 관계를 이어갔으면 좋겠다.

평소에는 먹을 일 없는 호화찬란한 요리들. 눈부시게 화려한 고급 장식. 사람들의 미소. 그 모든 것이 어우러져 행복한 공간을 이루고 있었다. 하객들은 신랑 신부가 앉은 자리로 찾아와 미노리와 유야에게 축복의 말을 건넨다.

"미노리. 결혼해도 나 잊으면 안 돼."

아야카가 울먹이며 축하 인사를 한다.

"당연하지! 으아아. 나, 아야카와도 결혼하고 싶어."

"어헛."

유야가 즉각 반응하며 미노리의 머리에 가볍게 꿀밤을 준다. 세상을 다 가진 듯 즐겁고 행복해서 이 이상은 아무것도 필요 없다는 생각마저 들었다.

"유야, 야나기바."

"아, 히라가."

"축하해. 오래오래 행복해라."

"그래."

유야가 짧게 답한다.

"고마워. 오래오래 행복할게."

미노리도 웃으며 대답했다.

다른 친구들도 기회를 엿보며 찾아온다. 추억담과 근황 보고로 이야기꽃을 피우느라 밝은 웃음소리가 끊이질 않았다.

그러나 운명은 끝끝내 잔혹하다. 행복이 행복인 채로 끝나는 꼴을 절대로 허락해주지 않는다.

"신부님, 옷 갈아입을 순서입니다."

미노리가 퇴장하려던 그 순간, 그녀의 등 뒤로 쿵 하는 소리가 들려왔다. 한 박자 늦게, 그 소리가 사람이 쓰러지는 소리임을 알아차렸다. 미노리는 결코 모르는 곳에서 진행되고 있던, 목숨을 건 타임슬립.

운명을 거역한 한 남자에게, 그 대가를 지불할 순간이
찾아왔다. 그리고 쓰러진 남자를 향해 **유야**가 소리쳤다.

"다이치!"

오늘의 주인공 중 한 사람이, 방금 미노리의 남편이 된
남자가 턱시도가 흐트러지는데도 아랑곳하지 않고 쓰러진
친구에게로 달려간다. 행복으로 가득했던 식장이 순식간에
소란스러워진다.

"누가 구급차 좀 불러줘요!"

유야가 고함쳤다.

직원이 쓰러진 다이치에게로 곧장 달려온다. 다른 직원
이 새파랗게 질린 얼굴로 전화를 건다.

"다이치! 다이치!"

아야카가 평정을 잃은 모습으로 사랑했던 사람의 이름
을 부른다. 미노리는 무슨 일이 일어났는지 영문을 몰라 그
저 그 자리에 우두커니 서 있을 수밖에 없었다.

제6장

그곳에는
분명 내 소원이 있었다

1
○

　시간을 되감아 나는 11년 전으로 왔다. 이불에서 빠져나와 커튼을 젖히려 벽에 손을 뻗는다. 그렇군……. 이곳은 내가 조금 전까지 살던 집이 아니다. 다른 방향으로 90도 손을 틀어 이번에야말로 커튼을 열어젖히자 온몸이 아침 햇살에 휩싸였다. 단숨에 방 안이 밝아진다. 책상과 책장. 베개 옆에는 몇 세대 전의 게임기와 폴더형 휴대폰이 놓여 있다. 모두 반가운 물건들이다.

　팔과 다리를 움직여본다. 몸이 가벼웠다. 역시 젊음이 좋구나. 그런 엉뚱한 감상을 품었다. 체구가 한층 작아 어쩐지 이상한 기분이 들었다. 스물여섯 살의 성인에서 별안간 중학교 3학년이 되었으니 당연한 얘기겠지만.

침대에서 일어나려는데 주머니 속에서 뭔가가 느껴졌다. 꺼내어 보니 로켓 펜던트였다. 내가 가지고 있던 단 하나의 액세서리로, 이전 세계에서 아끼던 물건이다. 세로로 긴 타원형 펜던트 뚜껑을 열자 나와 미노리의 결혼식 사진이 모습을 드러냈다. 검은 고양이 신에게 부탁해 과거로 함께 가져온 것이다. 그러나 이 세계에서 나는 아직 중학생이다. 존재 자체가 모순인 이 사진을 신중히 다루어야 한다.

방에서 나와 계단을 내려가 거실로 향한다.

"잘 잤니, 아들. 오늘은 일찍 일어났네."

주방에서 엄마가 말했다. 엄마에게선 흰머리도 주름도 보이지 않는다. 시간을 되감기 전 마지막으로 본 엄마는 머리가 하얬고, 부드러운 인상의 둥근 얼굴에 주름이 자글자글 져 있었다. 새삼 11년이라는 세월의 무게를 실감했다.

정말로 나는 이때로 돌아오고 만 것이다. 미노리의 죽음에 원인이 된 사고의 날로. 절대 그녀의 죽음을 회피해서는 안 된다. 아침을 먹고 중학교 교복을 입은 뒤 결의를 가슴에 품고서 집을 나섰다. 이 세계에서, 이번에야말로 반드시 나는 그녀를 행복하게 할 것이다.

2

교실 앞에 서서 심호흡을 길게 한다. 긴장과 불안이 엄습해온다. 경험해본 적은 없지만 전학 온 첫날이 분명 이런 느낌이겠지.

"오, 히라가."

"아, 어."

부르는 소리에 나는 곧장 대답한다.

목소리 주인은 빡빡머리 남학생이었다.

낯은 익은데…… 누구였더라. 아마도 야구부. 그런데 이름이 생각나지 않는다. 다행히 이 남학생은 그 이상 나에게 말을 걸지 않고 자신의 자리로 걸어갔다.

교실을 바라보던 나는 중대한 사실을 깨달았다. 반 애들 대부분의 이름을 잊어버렸다. 큰일이네. 나중에 다시 외워야겠다. 희미하게 남아 있는 기억 속 교실 풍경과 이미 학생들이 앉아 있는 자리를 바탕으로 소거법을 이용해 간신히 내 자리를 찾아낸다. 가방에서 교과서를 꺼내어 책상 서랍에 넣고서 나는 유야에게로 다가갔다. 자유분방한 교복 차림으로 상냥하게 미소 짓는 중학생 구로타키 유야 주변에는 많은 사람이 모여 있다.

"유야."

"오, 다이치."

등을 가볍게 두드린 내게 유야가 눈부신 미소로 응답한다. 반가움과 안도감이 단숨에 밀려와 그만 눈물이 날 것 같았다. 광대한 사막에서 오아시스를 발견한 기분이었다. 유야는 언제나 반의 중심에 있었다. 아침 수업 시작 종소리가 울릴 때까지 몇 분간 나는 유야와 이야기를 나눴다. 미래에서 왔다는 사실이 탄로 나지 않도록 가능한 한 듣는 역할에 충실하기로 했다.

유야와의 대화는 내게 중학교 시절의 모습을 떠올리게 해주었다. 쉬는 시간에 칠판과 교실 벽에 게시된 인쇄물들을 보고 더 많은 정보를 알게 되었다. 이 반의 학생 수는 서른네 명. 급훈은 밝은 웃음이 끊이지 않는 반. 내 출석 번호는 13번이고 미화 위원을 맡고 있다. 그런 사소한 정보가 방아쇠가 되었는지 기억이 잇달아 되살아난다. 반 애들 이름과 얼굴도 거의 일치하게 맞아갔다. 완전히 잊은 게 아니라 기억 속 깊은 곳에 갇혀 있었을 뿐이었나 보다. 일단 한시름 놓는다.

점심시간에 유야를 사람 없는 곳으로 불러냈다.

"무슨 일인데?"

유야가 의아한 표정으로 물어온다. 갑작스러운 부름에 의심스러워하는 모습이었다.

당연하게도, 무슨 용건인지 짐작도 못 할 것이다.

만일 불러낸 상대가 여자였다면 고백일지도 모른다며 설레었겠지만, 안타깝게도 남자. 그것도 속은 스물여섯 살의 예비 아저씨다.

"야나기바 미노리 있지?"

나는 서둘러 본론을 꺼냈다.

"응."

눈을 잘게 깜박인다. 알기 쉬운 녀석. 자, 이제부터가 본방이야.

"걔랑 소꿉친구지?"

"그냥 옆집에 사는 사이야."

"그걸 소꿉친구라고 하는 거야. 혹시 말인데, 내가 야나기바를 좋아한다고 하면 어떡할래?"

"뭐?"

유야의 목소리가 부자연스럽게 뒤집혔다.

"아니, 그러니까……."

"따, 딱히 상관없는데. 갑자기 왜 그래?"

유야는 내 말을 가로막듯이 재빠르게 말했다.

"그래? 그럼 다행이네. 조만간 고백할 건데 도와줄래?"

나는 태연한 얼굴로 말했다. 유야가 곧장 동요한다.

"근데 나 걔랑 별로 안 친해."

유야는 우물거리며 작은 목소리로 대답했다.

"그래? 아쉽네. 그럼 혼자서 노력해볼게."

나는 자리에서 일어나 떠나려 했다.

"잠깐만!"

유야가 내 오른쪽 어깨를 붙잡았다. 무의식중에 한 행동이었는지 본인도 조금 놀란 눈치다.

"왜?"

"걔, 어디가 좋은데?"

눈빛이 진지했다.

"글쎄."

"진지하게 대답해."

진지하게 대답하려면 세 시간 이상은 걸릴 텐데. 미노리의 어떤 점을 좋아하는지는 얼마든지 말할 수 있다.

"왜 그렇게 필사적이야. 별로 안 친하다며."

"그건…… 나도, 야나기바를 좋아하니까."

유야는 체념한 듯 자백했다.

"와우."

중학생을 놀리는 게 생각보다 재미있어서인지 나도 모르게 짓궂은 표정이 나왔나 보다.

"열받은 얼굴이네. 주먹 나간다."

유야는 입은 험해도 절대로 주먹을 휘두르지는 않는다. 그래서 나는 방금 유야가 한 말이 농담임을 곧바로 알아차렸다.

"미안. 조금 전에 한 말 사실은 거짓말이야."

"뭐? 거짓말이라니, 어디서부터 어디까지가?"

"전부. 야나기바를 좋아하는 말도, 고백한다는 말도 전부 다."

앞에 건 거짓말이 아니었지만 결코 입 밖에 내지 않는다.

"그런 거짓말을 왜 하는데?"

"그야, 너 때문이지."

"나 때문에?"

"어. 너 야나기바 좋아하지? 그래서 내가 도와주려고."

야나기바라는 호칭은 익숙지 않아서 입을 잘못 놀리지 않도록 조심하며 말했다.

"너 이 자식, 다 계획적이었어!"

유야가 머리를 움켜쥐며 쪼그려 앉았다.

"이야기가 그렇게 되나."

중학생다운 솔직한 반응에 그만 웃음이 터질 뻔했다.

"야."

"어?"

"그렇게 티가 났어? 그, 내가 야나기바를⋯⋯."

"아니, 아마 다른 애들은 모를걸."

실제로 시간을 되감기 이전의 세계에서 중학교 3학년 때의 나는 유야의 마음을 전혀 눈치채지 못했다. 소꿉친구라는 사실은 알고 있었지만.

"다행이다."

안도의 한숨.

"그럼 너는 어떻게 알았는데?"

"널 계속 지켜봤으니까."

11년 후의 네가 말했어. 미노리의 장례식에서. 마음속으로만 그 사실을 말해본다.

"뭐야, 그게. 기분 나빠."

"농담은 이쯤 하고. 실은 야나기바한테 호감을 보이는 남자애가 있어."

"뭐라고⋯⋯?"

유야는 놀란 표정을 짓는다.

"이대로 두면 야나기바는 그 남자애랑 사귀게 될지도 몰라."

"누군데, 그 남자애가."

그런 남자애는 없지만, 그렇게 말해놓으면 앞으로 계획을 진행하기가 쉬울 것 같았다. 거짓말도 하나의 작전이 될 수 있다.

"글쎄. 그건 비밀. 어쨌거나 나는 너를 응원할 거야. 보니까 넌 좀체 야나기바와의 거리를 못 좁히더라. 어릴 땐 친했으니까, 더더욱."

"야, 그걸 어떻게 다 알아?"

전부 그냥 던진 말이야. 남자 중학생은 단순한 생물이다.

"아하하. 그나저나 오늘 야나기바가 몸이 안 좋다는 얘기를 들었어. 그런데도 걔는 5교시 체육 수업을 나가려고 해. 내 말 무슨 뜻인지 이해하겠어?"

"전혀 모르겠는데."

유야는 잠시 생각하더니 그렇게 대답했다. 변함없이 이런 일에는 둔하다. 고등학생 때도 유야에게 호감을 표시한 여자애가 몇 명 있었던 것을 나는 알고 있다. 이 역시 이전 세계에서 일어난 이야기지만.

"하아…… 뭐야, 머릴 좀 굴려봐라. 야나기바와의 거리를 좁힐 기회라는 말이잖아."

"기회?"

"그래. 걔가 무리해서 체육 수업에 나가려는 걸 네가 말리는 거지. 보건실에라도 데려가면 좋고. 그러면 이야기를 나눌 기회도 생길 테고."

"그렇겠네."

"만일 6교시까지 야나기바가 보건실에 있으면 수업 마치고 걔 가방 챙겨서 같이 집에 가. 호감도가 쭉쭉 오를 거다."

"너, 진짜 다이치 맞아?"

유야의 질문에 등이 꼿꼿해진다. 확실히 나는 어제까지의 히라가 다이치가 아니다. 11년 후에서 온 히라가 다이치다. 그런 말을 해봤자 어차피 믿어주지 않을 테지만.

"내가 다이치가 아니면 누군데?"

"아니, 뭔가 다른 느낌이 들어서."

달라진 분위기를 눈치채줬다는 기쁨 반, 들키지는 않을까 하는 두려움 반. 복잡한 마음을 느끼며 나는 이야기를 본론으로 돌린다.

"아무튼 적극적으로 다가가지 않으면 후회한대도. 여자는 좀 적극성 있는 걸 좋아하니까."

그게 사실인지 어떤지는 모르지만 지금 유야를 보니 어

느 정도의 적극성은 필요하겠다.

"여자친구 사귄 적도 없으면서 다 아는 척 말하기는."

"여자친구 사귄 적 없다고 내가 언제 그랬냐?"

결혼까지 했다, 고는 말 못 하지만 이 정도 장난은 쳐도 괜찮겠지.

"뭐? 너…… 그게 무슨 말이야! 나 아무 말 못 들었는데!"

"야, 곧 종 친다. 얼른 야나기바한테 가봐."

유야의 추궁을 나는 웃으며 넘겼다.

유야가 내 조언대로 바로 실천한 모양인지 미노리는 체육 수업을 빠졌다. 만일 유야가 이 작전에 동참해주지 않는다면 운동장에 물을 뿌려 야외 수업을 중단시키거나 뭣하면 체육 선생님을 때릴 작정도 했다. 더 직접적으로 미노리를 쉬게 할 수 있었지만 그렇게 하지 않은 데에는 이유가 있었다. 그래도 어쨌거나 이것으로 작전은 일단락이다. 미노리의 죽음으로 이어지는 그 사고를 피하게 만드는 것이 내가 이 세계로 온 가장 큰 목적이었으니까. 결국 미노리는 6교시도 쉬었는지, 유야가 수업이 끝난 후 미노리의 가방을 들고 보건실로 갔다. 긴장한 게 티가 나 절로 흐뭇했다. 동시에 마음이 쓰라렸다.

─잘돼가고 있는 모양이군.

그날 집에 가는 길에 검은 고양이의 모습을 한 신이 나타났다.

"너…… 어떻게."

─신에게는 시공간의 개념이 없지.

아무래도 신은 시간과 공간을 초월해 존재할 수 있다는 말인가 보다. 상황이 완전 뒤죽박죽이다.

─그래서 앞으로 어쩔 작정이지?

"미노리가 행복해지는 모습을 지켜볼 거야."

미노리가 누군가와 함께해서 행복해진다면 그 상대가 누구든 상관없었다. 오히려 내가 되어서는 절대 안 된다. 그래서 내가 신중히 고른 사람이 유야였다. 나와 유야는 고등학교 때 나름 친했다. 물론 시간을 되감기 전의 이야기지만. 나는 그의 성품을 잘 안다. 미노리는 나와 사귀는 동안 소꿉친구인 유야 이야기를 자주 했다. 유야가 미노리를 좋아했다는 사실도 나는 이미 알고 있다. 미노리도 유야를 특별한 존재라고 말했다. 이전 세계에서 나는 유야를 참 많이도 질투했다. 그렇기에 유야라면 안심하고 미노리를 맡길 수 있겠다고 판단했다. 내 멋대로 결정한 일이고, 내 손으로 미노리를 행복하게 해줄 수 없다는 사실은 너무나 괴롭

208

지만 그래도 사랑하는 사람을 위해 할 수 있는 일은 이제 이 정도밖에 없다.

—정말 괜찮겠나?

"응. 그거면 돼."

—그렇군.

"왜 네가 슬픈 얼굴이야?"

—내, 내가 무슨! 난 볼일이 있어서 이만!

그렇게 말하며 검은 고양이 신은 순식간에 사라졌다.

한동안 반에서 내가 갑자기 늙었다는 소문이 돌았다. 정확히 핵심을 찌르는 소문이기는 하다. 중학생처럼 행동하기가 어려웠고 그 이상으로 부끄러웠다. 반 애들과의 적절한 거리가 어느 정도인지 잘 모르겠다. 다행히 성적은 좋은 편이었다. 중학생들 사이에 스물여섯 살 사회인이 섞였으니 당연한 일이겠지. 원래 성적이 꽤 좋았던 터라 수상하게 여기는 사람은 없었지만 공부를 안 하고 고득점을 받으려니 반 아이들에게 살짝 미안한 마음도 들었다.

한 달이 지나자 반 애들과 제법 자연스레 대화가 가능해졌다. 중학생처럼 행동하는 것도 적응이 되었는데, 그래도 철저하지 못한 부분이 있었는지 어른스러운 남자아이라는 이미지가 정착되었다. 뭐, 주변에서 나를 어떻게 여기건 전혀 상관없었다.

유야는 순조롭게 미노리와의 관계를 진전시켜나갔다. 애초에 소꿉친구여서 어릴 땐 자주 어울렸다고 하니, 어느 정도 유리했을 테다. 새해에는 함께 신사에도 간 모양이다. 그래도 결정적인 발걸음을 내딛지는 못했는지 결국 친구인 채로 중학교를 졸업했다.

미노리도 유야의 갑작스러운 태도 변화에 다소 위화감을 느꼈을지도 모른다. 그러나 그 정도일 뿐, 유야를 피한다거나 싫어하는 일은 결코 없었다. 다만 미노리가 먼저 적극적으로 다가가지도 않는 것처럼 보였다. 그녀는 여전히 둔감했다. 나와 미노리가 사귈 때도 내가 먼저 고백했다.

3
○

나는 어렵지 않게 입시를 통과해 하루미야고등학교로 진학했다. 조금 걱정됐던 건 유야와 미노리의 합격 여부였는데, 두 사람 모두 무사히 합격한 듯했다.

고등학교 생활은 중학교 때보다는 기억이 남아 있어 다

행이었다. 하지만 반대로 현재의 내가 몰라야 할 정보까지
알고 있는 탓에 이것저것 주의해야 할 것도 많았다. 고등학
교 풍경은 내가 시간을 되감기 전과 거의 다른 게 없었다.
몇몇 모르는 사람이 있거나 있어야 할 사람이 없기도 했지
만, 몇 개월간 내 행동이 달라지면서 일어난 변화의 파장
같은 거겠지.

"히라가, 맞지? 나는 같은 중학교 나온 야나기바라고 하
는데…… 혹시 나, 알아?"

첫날 짝꿍이 된 미노리가 말을 걸어왔다. 시간을 되감기
전의 세계에서도 나는 미노리 옆자리였다. 당시 미노리를
좋아하고 있던 나는 이 우연찮은 행운에 기뻐서 어쩔 줄을
몰랐다. 심지어는 운명이라 생각하면서 혼자 들뜨기 바빴
다. 하지만 이제 이런 운명은 잔혹했다. 나는 이제 미노리
와 거리를 둬야만 한다.

"아, 유야 소꿉친구."

나는 잠시 생각하는 척하다가 대답했다. 되도록 무뚝뚝
하게.

"맞아. 우리 같은 반인 거 같은데 1년간 잘 부탁해."

나와 결혼하기로 **되어 있었던** 열다섯 살의 소녀는 조용

히 웃었다. 그렇다. 과거의 나는 이 미소에 빠졌다.

과거 중학생 시절, 육상부였던 나는 훈련의 일환으로 자주 교내를 달렸다. 지나가다 보이는 안뜰에는 늘 화단에 물을 주던 소녀가 있었다. 맑고 순수한 미소로 기쁜 듯 물뿌리개를 기울이는 모습은 더없이 매력적이었다. 정신을 차리고 보니 매일같이 그녀의 미소를 기다리고 있었다. 어느샌가 더 가까이에서 그녀의 미소를 보고 싶어졌다. 그렇게 나는 미노리를 좋아하게 되었다. 하지만 그건 다 이전 세계의 이야기일 뿐이다.

"잘 부탁해."
나는 최대한 미노리 쪽을 쳐다보지 않고 대답했다.
그래, 이 정도 거리면 된다.
이 세계에서 나는 미노리를 좋아해서는 안 되고 미노리도 나를 좋아해서는 안 된다. 55년의 수명을 잃은 나에게는, 더 이상 이 손으로 그녀를 행복하게 해줄 힘이 없다.

하루미야고등학교에는 사소 아야카도 있었다. 미노리와 아야카는 금방 친해졌다. 이 또한 시간을 되감기 전과 같았다. 하지만 내가 이전 세계와 다르게 행동하는 탓에 자연스레 변화가 생겨났다. 그중 하나가 아야카의 마음이었다.

6월의 어느 날 나는 사소 아야카에게 고백을 받았다. 얼마 전부터 느끼고는 있었지만 직접 들으니 새삼 놀라긴 했다. 아야카의 말에 의하면, 그녀는 또래와는 어딘가 다른 나의 어른스러운 분위기에 이끌렸다고 한다. 정신 연령은 거의 서른 살에 가까우니 알맹이는 진짜 어른이 맞다. 이건 뭐, 어딘가의 추리 만화 주인공도 아니고. 그러니 '어른스럽다'라는 말이 아주 정확한 표현은 아니다.

이전 세계에서는 어땠더라. 문득 궁금했다. 사소 아야카에게 특별히 호감을 사고 있다는 느낌은 없었다. 내가 눈치를 못 챘던 것일 수도 있겠지만 아야카의 적극적인 성격을 고려하면 그럴 가능성은 희박해 보인다.

"미안. 연애에는 관심이 없어."

아야카의 고백에 그렇게 거절했다. 다시 돌아온 이 세계에서 나는 누구와도 사귈 마음이 없었다. 어차피 곧 지고 말 목숨이다. 사랑 따위 아무런 의미가 없다. 그리고 내가 사랑할 수 있는 사람은 결국 미노리 한 명뿐이다. 그러나 나는 아야카의 강한 의지를 너무 얕봤다. 돌이켜 생각해보면 확실히 사소 아야카는 그런 여자였다.

"그때 연애에 관심 없다고 했잖아. 그럼 뭐에 관심 있는데?"

"어?"

"영화? 스포츠? 예술? 아니면 공부?"

"그게……."

"히라가의 관심 분야를 나도 공유하고 싶어. 영화를 좋아하면 같이 영화 보러 가고 싶고, 스포츠를 좋아하면 같이 즐겨보고 싶어. 예술을 좋아하면 같이 음악회나 미술관에 가고 싶고, 공부를 좋아하면 같이 도서관에서 공부하고 싶어. 이 정도는 괜찮지?"

"알았어. 생각해둘게. 관심 분야가 뭔지."

그때는 그렇게밖에 대답할 수 없었다.

"관심 분야를 생각해둔다는 것도 희한하네."

아야카는 웃었다. 제대로 대답도 못 하는 나에게 화를 내지도, 불평하지도 않고.

4
○

고등학교 1학년 여름방학에는 넷이서 놀이공원에 갔다.

내가 유야에게 미노리가 페어리랜드 마스코트를 좋아한다는 정보를 알려줬더니 그는 여름방학 때 페어리랜드에 가자고 난리였다. 처음에 유야는 미노리와 둘이서만 놀러 갈 계획을 세웠는데, 말을 꺼내기 직전에 겁을 먹고 나에게 도움을 요청해온 것이다. 솔직히 별로 내키지 않았다. 하지만 막상 목적지에 도착하자 그런 마음은 어딘가로 날아가버렸다.

어른도 즐길 수 있다는 세계 최대 규모의 테마파크다웠다. 시설이나 정경 모두 전체적으로 퀄리티가 높았다. 오랜만에 진짜 고등학생으로 돌아간 것 같아 즐거웠다. 다가오는 작별의 시간을 지금만큼은 잊어도 되지 않을까 하는 생각도 했다. 그런데 갑자기 유야가 관람차에 나와 아야카 둘만 태웠다. 아야카가 유야에게 부탁한 모양인데, 유야도 나를 아야카와 맺어주고픈 마음이 있었던 것 같다. 아마 유야는 아직 내가 미노리를 좋아한다는 생각을 완전히 버리지 못했나 보다. 어떤 의미에서는 맞는 말이지만 다른 의미로는 틀렸다. 나는 분명 지금도 미노리를 진심으로 사랑한다. 하지만 미노리와 이 이상 가까워질 마음도 없을뿐더러 설령 미노리가 무슨 계기로 내게 다가온다고 하더라도 거리를 두기로 마음먹었다.

얼마 전에 고백을 거절한 상대와 좁은 공간에 단둘이 남았다. 숨이 막혔다.

그와 동시에 유야와 미노리만 남아 있을 저쪽 상황도 걱정이 되어 위가 아팠다. 예상대로 아야카는 관람차 곤돌라 안에서 두 번째 고백을 해왔다. 이번에도 거절하려고 했지만 내가 연애에 관심이 없어도 상관없다고 아야카가 말했다. 아야카는 소중한 친구다. 그건 다시 돌아온 이 세계에서도 변함없는 진실이다.

"미안. 역시 너와는 사귈 수가 없어."

"연애에 관심이 없어서?"

"아니. 실은, 좋아하는 사람이 있어. 거짓말해서 미안해."

나는 더 확실한 이유로 거절하기로 했다.

그리고 좋아하는 사람이 있다는 말은 결코 거짓이 아니다. 물론 상대가 누구인지는 절대 말을 안 할 테지만.

"그 사람에게 고백은 했어?"

"아니, 안 해."

"왜?"

"왜냐고 물어도……."

"혹시 고백했다가 차이면 나랑 사귈래?"

그녀가 몸을 쑥 들이민다. 가깝다. 나는 그대로 몇 센티

미터 몸을 뒤로 뺐다.

"그건 안 되겠네. 나는 고백 안 할 거거든."

"이유가 뭔데."

아야카는 성난 투로 말했다.

"좋아하면 안 되는 사람이니까."

나는 쓰게 웃으며 대답했다.

"뭐야, 그게……."

내 대답에 아야카는 이해가 안 간다는 표정이었지만 상대에 관해 그 이상 묻지는 않았다.

"그럼, 사귀는 척은 어때?"

그녀가 계속해서 물고 늘어진다.

"사귀는 척?"

"그래. 히라가는 모르겠지만 실은 나 의외로 인기 많아."

이런 말도 그녀가 하니 밉지 않다.

"날 좋아해주는 거야 당연히 기쁘지만, 나는 좋아하는 사람이 있으니까 솔직히 그런 관심이 조금 피곤하거든."

그녀는 '좋아하는 사람'이라고 말하면서 나를 가리켰다. 솔직하게 호감을 드러내는 그녀가 눈부셨다.

"그래서?"

이미 그녀가 무슨 말을 하고 싶어 하는지 눈치챘음에도

나는 물었다.

"그러니까 히라가 남자친구인 척을 해주면 내가 고맙다는 말이지."

"그렇구나."

비록 사귀는 척이라고 해도 아야카의 귀중한 시간을 뺏게 된다는 사실에는 변함없다. 그러나, 아야카의 제안을 받아들이면 내게도 분명 이점은 있다. 여자친구가 있다는 사실을 명분 삼아 미노리가 보이는 호의를 피할 수 있지 않을까 싶었다. 물론 미노리가 나를 좋아하게 될 리는 없다. 내가 거리를 두고 있는 이상 그럴 가능성은 희박할 것이다.

그러나 이전 세계에서 나와 미노리는 결혼까지 했다. 자의식 과잉으로 치부하며 그 가능성을 처음부터 부정하기보다는 주의를 기울이는 게 좋겠다고 생각했다. 그런 이유로 아야카의 제안을 수락하는 것이 최악의 짓이라는 건 나도 잘 안다. 하지만 내게 좋아하는 사람이 있다는 사실을 알고도 그녀는 그렇게 말했다.

계속 망설였으나 자신 있게 정답이라고 말할 수 있을 만한 대답을 찾지 못했다. 시간을 되감는다는, 인간의 능력을 초월한 힘을 사용해버린 순간부터 나는 이미 글렀는지도 모른다. 그렇게 생각하니 오히려 마음이 조금 편안해졌다.

결국 나는 아야카와 사귀는 척을 하게 되었다. 그녀의 한결같은 마음에 기대기로 한 것이다.

물론 그녀에게 연인다운 행동을 할 생각은 없었다. 손잡는 정도는 할 수도 있겠지만 그 이상은 그녀가 원해도 내가 거절한다. 그것이 아야카를 위한 내 최소한의 성의였다. 거짓 관계라 해도, 연애 감정이 없는 상대와 연인이 되는 건 괴로웠다. 적당한 시기가 오면 관계를 정리해야겠다.

더 이상 죄를 거듭할 수는 없었다.

"의심해서 미안하다."

아야카와의 교제 사실을 알렸을 때 유야는 내게 그렇게 말했다.

"뭐가."

"중학교 때 네가 미노리 좋아한다고 했잖아. 바로 거짓말이라고 했지만, 여전히 마음 한구석에서는 진짜일지도 모른다고 생각했었어."

가슴이 미어지는 것 같았다.

아니야. 들어줄래. 내가 좋아하는 사람은 틀림없이 미노리야. 아야카와 사귄다는 건 거짓말이야. 아야카를 좋아하는 게 아니라, 미노리가 나를 좋아하지 못하게 하려고 그런 거야. 과감하게 전부 털어놓고 싶었다. 하지만 그렇게 말해버리면 내가 지금껏 해온 일의 의미마저 사라질지도 모른다. 그리고 이제 털어놓아봤자 그 누구도 행복해질 수 없다. 이 세계에서는 오로지 나 혼자 모든 것을 짊어져야 한다.

여름방학이 끝나기 직전, 미노리와 사귀게 되었다는 얘기를 유야에게 들었다. 분명 바라던 전개인데 속절없이 마음이 아팠다.

"유야와 사귄다며?"

2학기 개학식 날 아침 미노리에게 말을 걸었다.

"응…… 그렇게 됐어."

미노리는 기쁜 듯 수줍게 말했다.

"유야는 좋은 녀석이니까 야나기바를 분명 행복하게 해줄 거야."

그건 추측이자 확신에 가까운 예감이며, 내 마음속 깊은 소원이었다.

"너무 나간다. 아, 유야가 좋은 녀석이라는 건 나도 알고 있지만 행복하게 해준다던가, 그런 말은 좀…… 우리 이제 막 사귀기 시작했어."

"아, 미안. 그나저나 그 녀석 가끔 생각 없이 내달릴 때가 있는데 잘 제어해줘."

"제어라니…… 하핫."

"왜 웃어?"

"아니, 꼭 무슨 보호자 같아서."

"아하하. 그럴지도 모르겠네."

연령적으로는.

"야나기바도 먹을래?"

먹고 있던 초콜릿 봉지를 내밀며 내가 물었다.

"응. 고마워."

미노리가 웃으며 초콜릿 하나를 집어든다. 이전 세계에서 이렇게 미노리에게 자주 과자를 주던 순간을 떠올렸다. 다이어트 중인데 자꾸 단 것을 준다고 혼난 적도 있었지.

"그런데 히라가는 아야카와 잘돼가?"

순간 숨이 안 쉬어졌다. 희미해져가던 죄책감이 다시 고개를 든다.

"……응. 내겐 아까울 정도로 정말 좋은 사람이야."

그건 틀림없는 진심이었다. 내겐 아까운 사람이다. 그러니까 나 같은 건 하루 빨리 어떻게든 돼버리면 좋겠다.

"아야카 울리면 용서 안 해."

미안. 분명 울리게 될 거야. 하지만 지금 그런 말을 해봤자 무슨 의미가 있을까.

"명심하겠습니다."

나는 최대한 익살맞은 표정으로 그렇게 대답했다.

유야와 미노리는 의외로 잘돼가고 있는 모양이었다. 소꿉친구인 만큼 서로를 깊이 이해하고 있어서일까. 원래대로라면 미노리 곁에는 내가 있어야 했는데. 아무것도 모른 채 즐거워하는 유야를 순수하게 축복하기 어려웠다. 그런 자신이 정말로 싫었다. 내가 선택한 길이다. 한심하다는 걸 알면서도 감정이 제어가 안 된다.

유야와 미노리가 웃으며 대화를 나누는 모습을 보는 것만으로도 가슴속에서 새까만 무언가가 꿈틀대는 것을 느낀다. 이전 세계에서는 내 자리였는데. 원래라면 미노리는 나를 좋아하게 되는 거였는데. 하지만 이젠 그런 사실들이 아무런 힘도 없고 속수무책으로 무의미하다고 되뇔 뿐이었다.

그래도 미노리의 행복을 깨트리지 않으려 넘칠 것 같은 마음을 쑤셔 넣는다. 이 악물고 참으며 최대한 두 사람을 시야에 들이지 않도록 노력했다. 사람의 마음은 어디서 어떻게 움직일지 예측 불가다. 작은 실수 하나로 이 세계의 미노리가 다시 내게 호감을 품게 될 수도 있다. 그건 어쩌면 희미한 기대였을지도 모른다. 결코 품어서는 안 되는. 아야카와 가짜 연인 사이가 되기로 선택했던 이유도 미노리가 나를 바라봐주길 바라서였을까. 스스로도 내 마음을 모르겠다.

그래서 나는 가능한 한 미노리와 접촉하지 않기로 했다. 그래도 그녀가 행복한지 확인하고 싶어서 대화할 기회도 나름 가졌다. 미움받는 게 가장 쉬운 방법이겠지만 그녀에게 미움받는 건 역시나 무섭기에 무표정으로 속을 알 수 없는 사람을 연기했다. 사실은 그녀가 보내는 미소에 나도 미소로 응하고 싶었다. 내가 좋아하는 사람은 이전 세계의 미노리지 지금 눈앞에 있는 미노리가 아니다, 그렇게 타일러봐도 역시 마음이 괴로웠다.

고등학교 공부는 확실히 어렵다. 최상위권 성적을 유지하려면 어느 정도 공부가 필요했다. 특히 역사나 고전 등, 시험 전날 벼락치기로 공부했던 과목은 순위가 중위권 밑으로 떨어진 적도 있었다. 동아리는 들지 않았다. 달리기를 싫어하는 건 아니지만 이제 와 청춘을 구가할 마음은 없었다. 11년의 시간을 되감으면서 내 수명은 55년이 깎였다. 되감던 시점에 내 나이가 스물여섯 살이었으니, 깎인 수명과 합치면 여든한 살. 뇌와 몸의 기능은 고등학생 상태였으나 실제로는 남성의 평균 수명을 다한 나이다.

내 목숨은 당장 꺼져도 이상하지 않았다.

방과 후나 휴일은 기본적으로 혼자 보냈다. 능력을 사용하기 이전 세계에서의 기억에 의지해 미노리가 좋아하던 영화를 보거나 미노리가 읽던 책을 읽으며 보냈다. 나를 사랑해줬던 그녀의 궤적을 따라가보듯. 아야카와 외출하는 날도 있었지만 그것도 한 달에 한두 번 정도였다. 따분해하는 나와 있으면서도 아야카는 웃어주었다.

내 두 번째 고교생활은 처음보다 어둡고 탁한 빛으로 물들어갔다. 행복했던 나날이 가득 담겨 있는 로켓 펜던트를 몇 번이고 꺼내 보면서 꺾일 것 같은 마음을 강하게 다잡았다.

5
○

이제 매듭을 지어야만 한다. 나는 대학 진학을 계기로 아야카와의 관계를 끝내기로 했다. 끝까지 연애 감정을 가지지는 못했지만 아야카가 행복하기를 바랐다. 하지만 이

별을 고했을 때 보았던 그녀의 슬픈 표정이 뇌리에 박혀 한동안 사라지지 않았다. 사소 아야카는 내가 봐도 충분히 매력적인 사람이었다. 그러니 그녀가 부디 꼭 행복했으면 좋겠다. 가능하면 그 모습을 보고 싶다고, 그렇게 생각하는 스스로가 정말 제멋대로구나 싶었다.

대학에 가서는 공부에 매진했다. 이전 세계에서 다니던 대학보다 순위가 몇 단계 높은 대학에 붙었고, 이공학부에서 통신 기술 연구에 몰두했다. 어쩌면 원래 연구자가 적성에 맞았는지도 모르겠다.

대학교 4학년 여름. 나는 한 가지 중대한 선택을 했다. 내가 11년이라는 시간을 되감아 여기에 왔다는 사실을 마침내 유야에게 털어놓은 것이다. 역 앞 카페에서 나는 유야와 마주 보고 앉았다. 고양이 모습을 한 신을 도와주고 시간을 되감는 능력을 손에 넣었다는 것과 미노리가 죽었다는 것, 그래서 미노리의 죽음을 막기 위해 11년의 시간을 거슬러 과거를 바꾸었다는 사연을 나는 천천히 말했다.

유야는 처음에는 "웬일로 농담 좀 하네"라며 웃었지만 내가 계속 진지한 얼굴로 있자 서서히 표정을 굳혔다.

"농담이면 지금 농담이라고 말해라."

"이거, 봐줄래?"

나는 주머니에서 로켓 펜던트를 꺼내 유야에게 내밀었다.

"이게 뭔데."

펜던트를 받아든 유야가 묻는다.

나와 미노리가 찍힌 사진을 본 유야는 눈을 크게 뜬 채 굳어버렸다.

"합성했냐……?"

"그런 짓을 할 리 있겠냐."

결국에는 의심을 내려놓고 믿어준 것 같았다. 중학교 때, 시간을 되감은 직후에 내 모습이 특히 이상했던 것도 내 이야기를 믿는 데 한몫한 듯하다. 또한 시간을 되감는 능력의 부작용에 대해, 즉 나의 수명이 얼마 남지 않은 사실도 숨김없이 털어놓았다.

"무슨 말이야, 그게! 장난치지 마!"

유야의 외침에 주변 손님들이 무슨 일인가 싶어 이쪽을 쳐다본다.

"진정해."

두 손을 뻗어 일어서려는 유야를 잡아 앉혔다.

"진정하게 생겼냐고! 왜 그런 짓을……."

조용한 톤이었지만 분명 목소리에 분노가 배어 있었다.

어느 부분에 화가 난 건지 모르겠다. 내가 수명을 깎으면서까지 미노리를 구하려고 한 것. 내가 미노리와 결혼한 사이라는 것. 그런 이야기들을 지금 유야에게 꺼낸 것. 분명 그는 그 모든 것에 화가 났을 테다. 한참을 고민한 끝에 털어놓은 건데, 이야기를 끝내고도 결국 잘한 일인지는 확신할 수 없었다. 오히려 왜 그에게 말했을까, 끝도 없이 후회할 것이라는 예감만 든다.

정답은 없다. 아무리 고민해도.

유야가 앞으로 미노리를 상처 주는 일은 없을 테지만 이제는 내 마음도 함께 짊어지고 있다는 사실을 알아줬으면 했다.

결국에는 그저 자기만족일 뿐이다. 나는 지독하게 우울했다.

"부탁이 한 가지 있어."

나는 말을 꺼냈다.

"들어보고."

유야는 내가 하려는 말을 어렴풋이 알아차렸을지도 모른다.

"이 펜던트, 네가 들고 있다가 내가 죽으면 처분해줘."

아마도, 내겐 이제 시간이 없다. 나는 미노리가 행복하기만 하면 되는데. 내가 이 세계에서 사라질 때 내가 품었던 마음마저 같이 사라져버리는 것이 두려웠다. 다가온 죽음을 가까이 느낄수록 나는 무엇이 옳은지 명확히 판단할 수 없게 되었다.

"안 돼?"

"……."

뭔가를 생각하는 표정으로 유야는 잠자코 있었다. 그렇게 1분 정도 지나서야 겨우 입을 열었다.

"알았어."

조용하면서도 분명한 결의에 찬 목소리로 유야가 말했다. 하고 싶은 말이 많았을 텐데 유야는 모두 삼키고서 이기적인 내 부탁을 들어주었다. 유야에게 그것을 건넨다는 건 미노리에게 발각될 위험이 높아짐을 의미한다. 유야한테는 위험을 무릅쓴 일이라는 건 알고 있었다. 그렇지만 그렇게 하지 않고서는 버틸 수 없을 만큼 나는 약해져 있었다. 혹은 마음 어딘가에서는 내가 한 일들을 미노리가 알아주길 바랐는지도 모르겠다.

그해 가을, 미노리에게 이상한 남자가 집적대던 장면을 목격하고 도와준 일이 있었다. 그때 미노리가 유야의 모습이 변했다며 상담해왔다. 분명 내가 비밀을 얘기한 탓이다.

미노리의 슬픈 얼굴을 보는 게 괴로워 전부 털어놓고 끌어 안고 싶었다. 하지만 지금 여기에 있는 미노리는 이전 세계에서 나와 결혼한 미노리가 아니다. 지금의 미노리는 소꿉친구인 구로타키 유야를 좋아하고 히라가 다이치와는 단순히 친구 사이일 뿐이다. 만약에. 정말로 만약에 그녀가 나를 선택해준다면.

나는 능력의 부작용으로 오래 살지 못한다. 이미 55년분의 수명을 잃었다. 능력을 사용하기 전의 나이와 능력을 사용한 후의 세월, 모두 합쳐 88년. 곧 하늘의 부름을 받을 것이다. 아니, 내가 끌려갈 곳은 아마도 지옥이겠지만.

미노리가 세상을 떠났을 때 느낀 어둡고 깊은 절망은 지금도 마음에 새겨져 있다. 그렇기에 그 심정을 절대로 그녀만은 겪지 않게 해주고 싶었다. 나는 지금껏 그 마음 하나로 죽음을 향해 살아왔다. 좋아하는 사람을 잃는 절망이 어떤지를 알기 때문에 내린 선택이었다. 유야라면 미노리를 맡길 수 있다. 유야와 함께라면 미노리는 행복해질 수 있다. 집으로 돌아가는 내내 나는 기도하듯 속으로 그 두 문장을 반복했다.

6

　그 뒤로 연락을 하지 않았던 유야가 청첩장을 보내왔다. 너무 서두르는 게 아닌가 싶었는데, 이내 나 때문이라는 걸 깨달았다. 유야는 이미 모든 사실을 알고 있다. 내가 미노리의 행복을 바란다는 것도, 내가 언제 허망하게 죽어도 이상하지 않다는 것도. 분명 나를 안심시키고 싶었겠지. 유야는 예전부터 그런 녀석이었다. 오래 고민했지만 결국 결혼식에 참석하기로 했다.

　"고마워. 와줘서."
　결혼식 당일, 흰 정장으로 몸을 감싼 유야가 말했다. 그 말 이면에는 다른 누구도 모르는 마음이 담겨 있었다.
　"감사 인사는 내가 해야지. 정말로 고맙다."
　유야도 내 마음을 정확하게 이해한 모양이다.
　"응. 맡겨주라. 반드시 행복하게 해줄 테니까."
　"당연하지. 아, 그리고……."
　"걱정하지 마. 미노리한테는 말 안 해."
　내가 하고 싶은 말을 헤아리고서 유야가 대답했다. 결혼식에는 아야카도 참석했다. 이별을 고했을 때 보인 눈물이 거짓말인 것처럼 스스럼없이 말을 걸어와 그녀의 강인함을 새삼 절감했다.

웨딩드레스를 입은 미노리를 보는 건 두 번째였다. 지금 내가 서 있는 위치는 이전과는 확실하게 달라졌지만. 행복한 두 사람의 모습을 눈에 새긴다. 그곳에는 분명 내 소원이 있었다. 넘쳐흐를 것 같은 눈물을 참는다.

태어나줘서, 고마워.

내게 살아갈 의미를 줘서, 고마워.

부디 아무것도 모른 채로 영원히 행복하기를.

몇 번을 다시 태어나도 나는 널 좋아할 거야.

사랑하는 사람이 한없이 웃어주는 것만으로도 충분하다. 다른 건 아무것도 필요 없다.

이후 참석한 피로연에서 많은 사람들에게 사랑받고 있는 유야와 미노리의 모습을 바라보다가 내 의식은 그만 끊어졌다.

Epilogue

미노리가 유야와 결혼한 지 몇 년이 흘렀다. 두 사람은 어디에나 있을 법한 지극히 평범한 부부로, 가끔 사소한 다툼도 해가며 조용히 살고 있다.

따듯한 햇빛이 들어오는 4월의 토요일. 유야는 출근하고 집에 없었다. 그는 대학원을 졸업한 후 전자기기 사업에 주력하는 대기업에 취업했다. 최근에는 규모가 큰 프로젝트도 맡았는지 활력이 넘친다.

유야는 오늘 토요일인데도 평일과 같은 시간에 출근했다. 유치원에서 일하는 미노리는 쉬는 날이라 집안일을 하고 있었다. 설거지를 하고 쌓인 세탁물을 빨아 널고 청소를 시작한다. 출근하는 유야를 배웅하기 위해 오늘 아침에도 평소 시간대로 일어났다. 그래서 평소 휴일보다 남은 시간이 여유로웠다. 모처럼이니 평소에는 손을 안 대는 곳까지 구석구석 깨끗하게 치우기로 마음먹었다. 미노리는 옷장과 벽 틈새 및 창틀, 화장실을 청소해나갔다. 그러다 거실 구석에 있는 유야의 책상이 눈에 들어왔다. 중앙에는 컴퓨터가 놓여 있고 안쪽에는 어려워 보이는 책들이 올려져 있다. 책상 위가 지저분하지는 않았지만 먼지가 조금 쌓여 있어 가볍게 청소기를 돌리기로 했다.

책상에는 서랍이 달려 있었는데 유야가 여닫는 모습을 본 적이 없었다. 안에 뭐가 들어 있을까. 두 사람이 결혼한 지도 3년이 넘었다. 이제 서로에게 보여주고 싶지 않은 것도 없을 텐데 열어도 괜찮지 않을까? 그렇게 생각하면서 미노리는 유야의 책상 서랍을 열었다. 다양한 크기와 형태의 물건이 무질서하게 가득 담겨 있었다.

"아……."

중학교 3학년 때 미노리가 유야에게 받은 부적과 똑같은 부적을 발견했다. 그 외에도 사귀고 얼마 안 돼 맞이한 밸런타인데이에 미노리가 선물한 초콜릿 포장지며 데이트

때 갔던 수족관 입장권도 들어 있었다.

"반갑네."

무심코 혼잣말이 새어 나왔다.

그 공간은 미노리와의 추억으로 가득 차 있었다. 하나하나 만져보며 추억에 잠긴다. 추억이 담긴 물건들을 보고 있자니 저도 모르게 표정이 온화해진다.

"어?"

서랍 제일 안쪽에 단 하나, 처음 보는 물건이 들어 있었다. 연한 푸른색 로켓 펜던트.

미노리는 그것을 끄집어내어 손 위에 올렸다. 유야와의 추억을 쭉 떠올려봐도 무슨 물건인지 감이 안 잡힌다. 그런데 이상하게 아주 그리운 마음이 든다. 안에 뭐가 있을까. 전혀 상상이 안 간다.

"유야, 미안."

멋대로 열어보는 건 나쁜 짓이지만 보면 기억이 날 수도 있을 것 같아서 미노리는 펜던트를 열었다. 안에는 미노리의 사진이 들어 있었다. 사진 속 미노리는 웨딩드레스를 입고 행복하게 웃고 있다.

"뭐야…… 이거."

찍은 기억도, 짚이는 구석도 없다. 더구나 지금의 미노리와는 분위기가 조금 달라 보인다. 그런데 옆에는.

"히라가……?"

그날, 미노리와 유야의 결혼식 도중에 돌연 쓰러져 이송된 병원에서 죽은 히라가 다이치가 턱시도를 입고 미노리 곁에서 웃고 있었다. 대체 뭐가 뭔지 모르겠다. 머릿속이 의문으로 가득 찼다.

문득 기척이 느껴져 창가로 시선을 옮긴다. 검은 고양이가 물끄러미 이쪽을 쳐다보고 있었다.

"냐옹."

고양이 울음소리가 창 너머로 선명하게 들려왔다. 그리고 다음 순간, 펜던트가 푸르게 빛났다. 빛은 점점 커졌다. 미노리는 움직일 수 없었다. 혼란한 감정 속에서도 그 빛에서 따뜻함을 느꼈다.

─미노리.

그녀의 이름을 부르는 목소리가 머릿속에 울렸다. 조용하면서도 이성적이고, 동시에 따뜻하고 부드럽다.

그 목소리의 주인은.

"다이…… 치?"

자연스레 이름이 흘러나왔다. 지금껏 단 한 번도 히라가 다이치를 이름으로 부른 적이 없는데. 빛은 마음이 되어 미노리에게로 흘러들어온다.

영상이.

목소리가.

소원이.

사랑이.

히라가 다이치와 맺어져 행복한 생활을 보내던 날들. 그 시간은 과거도 아니고 미래도 아니다. 미노리가 살고 있는 이 세계와는 다른, 말하자면 평행세계 같은 세계. 그러나 그 세계가 틀림없이 존재했음을.

"말도 안 돼……."

미노리는 모든 것을 알아버렸다.

히라가 다이치가 자신을 내던져 미노리의 목숨을 지탱한 것을. 이 세계에서 그는, 줄곧 미노리를 지켜주었음을.

—야나기바도 먹을래?

—미노리도 먹을래?

과자 봉지를 내미는 다이치의 즐거워 보이는 표정이.

―유야는 좋은 녀석이니까 야나기바를 분명 행복하게
해줄 거야.

　―널 좋아해.

　곧은 시선으로 미노리를 바라보는 다이치의 진지한 눈
동자가.

　―축하해. 오래오래 행복해라.

　―내가 널 행복하게 해줄게. 나와 결혼해줘.

　각각의 세계에서 다른 관계성을 구축한 다이치의, 미노
리의 행복을 바라던 말에.

　―고마워. 오래오래 행복할게.

　―응. 둘이서 행복하게 살자.

　미노리가 그렇게 대답했을 때 안도한 듯한 다이치의 미
소가.

　―야나기바.

　―미노리.

　사랑하는 사람의 이름을 부르는 다이치의 목소리가. 그
모든 것이 하나로 포개지며 미노리의 마음을 엉망으로 휘

젓는다.

"바보 아냐? 대체 왜 그런 짓을⋯⋯. 결국, 자기가 죽었잖아. 그게 무슨 의미가 있어. 대체 왜 그랬어?"

당연히 돌아오는 답은 없다. 방 안에는 미노리뿐이다.

"친구인 척을 왜 해. 정말 바보 같아. 전혀, 몰랐어⋯⋯. 아니, 바보는 나야."

다이치를 향한 사랑이, 아무것도 모르고 그를 죽게 만들었다는 후회가 눈물이 되어 흘러넘친다.

"미안. 정말 미안해⋯⋯ 다이치. 내가⋯⋯."

말이 되지 못한 마음은 오열이 되어 허공에 녹아든다. 울음을 그친 후에도 미노리는 펜던트를 손에 쥔 채 텅 빈 것처럼 멍하니 앉아 있었다. 얼마나 그러고 있었을까.

어느새 창밖은 어두워졌다. 고양이도 사라졌다.

"나 왔어."

문이 열리는 소리와 함께 남편인 구로타키 유야가 돌아왔다.

"⋯⋯미노리?"

대답이 없자 걱정이 됐는지 유야는 조급한 걸음으로 방

안에 들어온다.

"유야……."

목소리가 잘 안 나왔다. 무슨 말을 해야 할지, 어떤 행동을 해야 할지 아무 생각도 나지 않아 미노리는 곤란한 표정을 지어 보인다.

"미노리, 그거……."

유야는 미노리가 들고 있는 펜던트를 보더니 눈을 크게 떴다.

"어떡해. 나……."

또다시 미노리의 눈에서 눈물이 흐른다.

흐느끼는 미노리를 유야는 아무 말 없이 껴안았다. 감싸듯 세게.

"미안."

그의 입에 나온 "미안"에는 어떤 의미가 담겨 있을까. 유야는 분명 이 일을 알고 있었다. 알고 있었지만, 말하지 않았다.

"내가, 히라가를 사랑했어?"

말을 내뱉자마자 그것이 유야에게는 아주 잔혹한 질문임을 깨달았다. 그러나 유야는 진지하게 대답한다.

"응. 다이치는 미노리를 사랑했고 미노리도, 다이치를

사랑했어."

유야의 괴로운 표정을 보자 미노리의 가슴이 고통스레 조여왔다.

"하지만 그건 다른 세계의 이야기야. 지금은 달라. 지금, 미노리 곁에 있는 사람은 나야. 그러니 자신을 탓하지 마."

유야의 곧은 시선이 미노리를 꿰뚫는다.

"그 녀석은……."

유야는 히라가 다이치가 한 일들을 미노리에게 설명했다. 미노리가 조금 전 신기한 현상으로 알게 된 그대로였다. 히라가 다이치는 자신의 목숨을 희생해 미노리를 구했다.

"이 사진도, 다이치는 처분해달라고 했어."

유야는 다정하게 미노리의 등을 어루만진다.

"그런데 난 처분할 수가 없었어. 이럴 줄 알았으면 더 깊숙한 곳에 둘 걸 그랬네."

미노리는 아무 대답도 할 수가 없다. 어떻게 대답해야 좋을지도 모르겠다.

"아니. 어쩌면 나는 미노리가 알아주길 바랐을지도 모르겠다. 다이치의 각오와 마음, 그런 것들을."

분명 눈치채지 못하는 편이, 아무것도 모르는 편이 행복했을 것이다. 그러나 미노리는 어쩔 수 없이 이해하고 말았다. 미노리와 다이치가 서로 사랑하던, 그런 세계가 존재한다는 것을. 그리고 지금 미노리가 살고 있는 이 세계에서도, 다이치는……. 이제 와 그 사실을 알았다고 한들 다이치는 이제 이 세상에 없다. 그 사실이 그저 슬프고 괴로웠다.

"미노리."

유야가 조용히 미노리를 불렀다.

그도 슬픈 얼굴을 하고 있다.

"히라가는 왜…… 그렇게까지."

"그 녀석은 미노리가 행복하기를 바랐어. 그저, 그뿐이었어."

마치 자신에게 들려주듯 유야가 말했다.

"응."

미노리는 떨리는 목소리로 대답한다.

"그러니까 나는 미노리를 행복하게 해줘야 해."

"응."

다이치의 한결같은 마음에 보답하려면 미노리는 행복해야만 한다. 충분히 이해한다. 머리로는 이해하지만 감정이 쫓아가지 못한다. 이제 와 어쩔 수 없는 일이라고 쉽게 잘라 말할 수는 없다. 결국은 히라가 다이치의 진심을, 그가 해주고 간 일을 알아버렸다. 진실을 알았다고 해서 유야에 대한 마음이 거짓이 되는 것도 아니다. 미노리는 유야의 품 안에서 계속 울었다.

잠시 후 유야가 입을 열었다.

"사랑해. 지금도 그렇고, 앞으로도 그럴 거야."

이렇게 지금의 미노리를 행복하게 해주려고 애쓰는 사람이 있다. 그 사실만큼은 가슴 아플 정도로 잘 안다.

"고마워, 유야."

미노리는 자신과 다이치가 찍힌 사진이 들어 있는 펜던트를 더 세게 움켜쥔다. 목숨을 걸고서 자신을 사랑해준 사람이 있었다. 그 사실을 결코 잊지 않으리라, 강하게 맹세한다. 눈물이 멈출 때까지 유야는 아무 말 없이 미노리를 안아주었다.

"엄마."

"왜?"

빨래를 개고 있던 미노리는 손을 멈추고 뒤돌아본다.

"이 사람 누구야?"

갓 다섯 살이 된 아들, 유토가 펜던트 속 다이치의 사진을 미노리에게 보여주며 묻는다. 아무래도 유야의 방을 뒤지다가 발견한 모양이다.

미노리가 진실을 알게 된 지도 벌써 7년이 지나 있었다. 그 이후 미노리는 히라가 다이치를 단 하루도 잊은 적이 없었다.

"엄마의 소중한 사람이야."

어떻게 설명할지 생각하기도 전에 그런 대답이 미노리의 입에서 흘러나왔다.

"아빠보다도?"

유토의 표정이 불안해졌다.

"음, 그건 비교할 수 없어. 이 사람은 아빠에게도 소중한 사람이니까."

"정말?"

"그럼. 그러니까 유토에게도 소중한 사람."

"후웅."

유토는 펜던트를 닫아 그 자리에 가만히 두고 나서는 잠이 쏟아지는지 미노리의 무릎에 머리를 올렸다. 유토의 머리를 쓸어주자 사랑스러움이 차오른다. 미노리는 바닥에서 펜던트를 주워 다시 열어본다. 미노리를 구하기 위해 미래에서 시간을 되돌려 와서 현실을 바꾸고 자신에게는 아무것도 알리지 않은 채 세상에서 사라져버린 히라가 다이치, 그가 미노리 곁에서 웃고 있다.

사진을 발견한 이후 7년간, 미노리의 가슴 한구석에는 항상 다이치가 자리하고 있다. 그리고 그 7년 사이에 미노리는 천천히 긴 시간을 들여 다이치가 바라고 바라던 자신의 행복을 자연스럽게 받아들일 수 있게 되었다.

지켜야 할 소중한 가족도 늘었다. 지금이라면, 자신은 행복하다고 당당하게 말할 수 있다. 모든 사실을 알아버린 그때의 미노리는 슬픔의 눈물로 뺨을 적셨지만 그 속에서 어렴풋이 느낀 행복과 희망을 가슴에 소중히 간직하며 키워왔다. 지금은 후회도 애석함도 무의미하다. 앞을 향해, 미래로 나아가기로 마음먹었다. 다이치가 남겨준 온기와 행복에 둘러싸인 나날을 유야와 함께 끝까지 지켜나갈 것이다.

안녕하세요. 아오야마 미나미입니다.

제가 저자 후기를 쓰게 되리라고는 꿈에도 생각지 못했던지라 무슨 말을 써야 할지 도무지 모르겠습니다. 제 이야기를 하는 일을 꾸준히 운동하기와 나무젓가락을 깔끔하게 쪼개는 일 다음으로 어려워서 작품 이야기로 대신하겠습니다.

본 작품《열한 번의 계절을 지나》는 '가쿠요무×마법의 I랜드 콘테스트'의 특별상 수상작으로, 제목과 내용을 일부 바꿔 책으로 출간하게 되었습니다. 아주 한결같고 애달픈

사랑 이야기입니다.

읽어주신 여러분, 어떠셨나요. 저자 후기부터 읽으신 분은 꼭 본편도 즐겨주시면 행복하겠습니다.

이렇게 익숙하지 않은 저자 후기에 애를 먹을 수 있는 것도 많은 분들 덕택입니다. 담당 편집자님, 그리고 비즈로 그문고 편집부 여러분. 개고하면서 도움이 되는 의견을 많이 받았습니다. 덕분에 더욱 멋진 작품이 되었습니다. 감사합니다.

가쿠요무에 이 작품을 올렸을 때 읽어주신 분들. 여러분의 응원이 없었다면 지금 이렇게 이 작품이 책으로 나올 수 없었을 거예요. 인터넷 변두리에 조용히 놓여 있던 제 작품을 발견해주셔서 감사합니다.

평소 저와 잘 어울려주는 창작 동료 여러분. 저자 후기를 좀 더 재밌게 써라, 너의 정체성은 어디로 가버렸냐, 하고 꾸지람을 들을 것 같아 이 자리를 빌려 사죄의 말씀을 올립니다. 미안해요. 저의 시시한 이야기를 한결같이 잘 들어줘서 고마워요. 여러분과의 잡담은 제 창작의 원동력 중 하나입니다.

끝으로 이 책을 읽어주신 모든 분들께. 감사합니다. 즐거우셨기를 바랍니다. 또 어딘가에서 다시 만날 날을 가슴 깊이 소망합니다.

아오야마 미나미

열한 번의 계절을 지나

초판 1쇄 발행 2022년 11월 25일
초판 4쇄 발행 2023년 11월 23일

지은이	아오야마 미나미
옮긴이	최윤영
편집인	이기웅
책임편집	한의진
교정·교열	이희연
편집	주소림, 안희주, 김혜영, 양수인, 오윤나, 이현지
디자인	어나더페이퍼
책임마케팅	김서연, 김예진, 박시온, 김지원, 류지현, 김찬빈, 김소희, 배성원
마케팅	유인철
경영지원	박혜정, 최성민, 박상박
제작	제이오
펴낸이	유귀선
펴낸곳	㈜바이포엠 스튜디오
출판등록	제2020-000145호(2020년 6월 10일)
주소	서울시 강남구 테헤란로 332, 에이치제이타워 20층
이메일	odr@studioodr.com

ⓒ 아오야마 미나미

ISBN 979-11-92579-27-6 (03830)

모모는 ㈜바이포엠 스튜디오의 출판브랜드입니다.